超級難題

有老鼠家族的五隻老鼠躲在裡面！
你能夠找到老鼠爸爸、老鼠媽媽和牠們的三個孩子嗎？

# 怪奇漢方桃印 4

## 超危險違反解除湯

文 廣嶋玲子　　圖 田中相

# 前言

有沒有人看過這樣的老爺爺呢？

他的個子很矮，穿著一套日式工作服，頭上戴了一頂很大的草帽。

他留著長長的粉紅色鬍子，身上背著大木箱。

搞不好，你還會在他的肩上看到一隻青白色壁虎。

如果有人看到他，請馬上通知我。因為他一定可以為我調配一帖很適合我的中藥。

# 怪奇漢方桃印 4

目錄

**右下角的頁碼占卜**

**使用方法**

這次是中國式占卜！翻開的那一頁，就是你的今日運勢喲！

大吉籤……超級幸運
上上籤……幸運
中上籤……普通
下下籤……不幸

# 本書人物介紹

仙人

## 桃公

本名／桃仙翁
隨著神奇的鈴聲出現的
中藥郎中。
其實他是桃源鄉最厲害的大仙人！
據說……他的年紀是幾十萬歲！
他身上背的大木箱也有祕密？！

專長：調配
可以實現各種
願望的神奇中藥。

神

## 瑪珂茉

十二地支／卯
溫柔的兔女神，
渾身充滿年輕活力。

神

## 玖佚

十二地支／丑
高大的牛女神，
富有包容力，
內心很溫暖。

神

## 俐恩

十二地支／巳
溫柔文靜的
蛇女神，
經常在
桃源鄉唱歌。

## 青箕

神

十二地支／辰

在桃源鄉的清泉中生活的龍神。
雖然毒舌、 愛冷嘲熱諷，
但面對桃公可能……就沒輒了？
在人類的世界，
會以壁虎的姿態現身！

專長：
打雷， 引起暴風雨。

## 翼哲

神

十二地支／午

身強體壯的馬神，
在桃源鄉內，
他跑得最快。

山中女妖

## 獅子頭妖婆

居住在深山中，
體型高大， 肌肉飽滿結實。
看起來像是一個可怕的老奶奶，
不過其實是醫生！

神

## 延啟

十二地支／申

桃源鄉內身手最矯健
的神， 在桃源鄉時經
常戴著猴子面具。

# 第1章 違反解除湯

# 一

「海岬那裡不是有一間小廟嗎？聽說那間小廟裡有紅色蠟燭，只要點亮那根蠟燭，在新月的夜晚走過天使之路，就可以去實現願望的地方。聽起來是不是很好玩？我們來試試吧。」

聽到好朋友遙人這麼說，章介和阿輝都雙眼發亮的對他猛點頭。

這裡是日本瀨戶內海上的一座小島。島上的生活每天都一成不變，這三個目前就讀小學四年級的孩子覺得無聊死了。

天使之路是一條在退潮時才會出現的小路，可以通往四個小島。關於天使之路有個很浪漫的傳說——只要情侶一起走這條天使之路，就可以情定終身，而且，「在海中出現的小路」聽起來就很迷人。

光是想像只有他們三個人，拿著特別的蠟燭走在天使之路上，就令人十分興奮，而且要在沒有月亮的夜晚出門探險，更是讓人熱血沸騰。

他們立刻開始著手研擬計畫。一個星期後就是新月了，他們調查了一下，發現天使之路會在那天傍晚五點到十一點左右出現。

一個星期後的傍晚，他們三個分別對家人說：「我要去朋友家玩，今天晚上會住在朋友家裡。」然後就騎上腳踏車，前往位在海岬的那間小廟。

那間小廟宇裡面只有四尊土地公神像，而且小廟又破又舊，似乎已經廢棄很久了。

三人在昏暗的天色中，戰戰兢兢的推開小廟的門，廟裡的地板上積滿枯葉和泥土，還有一股霉味，屋頂也破了洞。

小廟後方有一個老舊的燭臺，燭臺上插了一根蠟燭。那根蠟燭又長又粗，顏色是有如鮮血般的紅色。

遙人立刻把蠟燭拿下來。

「到手了！走，我們去海邊。」

抵達海邊時，天色已經完全暗了下來，周圍完全看不到其他人影，但是天使之路的確確出現了。

遙人立刻點燃紅蠟燭，蠟燭亮起橘色的燭光，光芒稍微照亮了夜晚的黑暗。

遙人露出得意的笑容說：

「燭光挺亮的嘛。那我們出發囉，章介，你拿著蠟燭走前面。」

「為什麼？不是你走前面嗎？」

「我走在中間，萬一發生什麼狀況可以馬上救你們。你不願意嗎？還是有什麼意見？」

遙人氣勢洶洶的說。他一直認為自己是三個人之中的老大，而且通常章介和阿輝也都對誰在前在後這件事沒有意見。

「好吧，那我走前面。」

章介接過蠟燭，打算立刻走向天使之路，但是阿輝叫住了他。

「為了安全起見，要不要也把手電筒打開？萬一風把蠟燭吹熄了，還有手電筒的亮光。」

阿輝說話的聲音微微發抖，遙人用鼻子冷笑一聲說：

「有什麼好怕的？我們之前不是走過好幾次了嗎？即使蠟燭被風吹熄也沒關係。」

「但是……」

「你真是個膽小鬼。那你把手電筒拿在手上，如果蠟燭被風吹熄了，就馬上打開手電筒，這樣行了吧。」

「嗯，就這麼辦。」

「好了好了，出發吧，不要浪費時間了。」

於是，在章介的帶領下，三個人走進了海的通道。

嘩啦啦、嘩啦啦。

周圍一片漆黑，只聽得到海浪的聲音。

三個人一開始還不停的說著：「好可怕！感覺很不妙耶！」或是「啊啊啊，好暗啊！」但是漸漸的，他們陷入沉默。

不知道該怎麼說，總覺得四周黑暗的氣氛越來越濃密，就連空氣都像是被染成了黑色般，不斷向他們撲過來。

「這樣一點都不好玩，我只覺得越來越可怕。」他們的心裡都這麼想。

每個人都在等別人說出「差不多該回家了」，卻都不希望這句話是由自己說出口，因為一旦說出來了，就會被其他人認為是

「膽小鬼」。
於是，他們三個人咬著牙，硬著頭皮繼續往前走。
遙人認為差不多快到第一座小島了。他想，一到島上就打開手電筒，這樣應該可以稍微消除這種不舒服的感覺。
「啊！」這時，走在最前面的章介發出了叫聲，「喂！蠟、蠟燭上有字！」
遙人和阿輝急忙看向蠟燭，發現章介說的果然沒錯，紅色蠟燭的燭身上，浮現了發出綠光的字。
「上面寫了什麼？呃……我向無月之夜祈願，請給我工作。這是什麼意思？」

當遙人一唸出蠟燭上的文字，燭火就突然熄滅了。周圍的黑暗立刻一擁而上，將他們包圍了起來。因為事出突然，三個人的心臟都撲通撲通的劇烈跳動起來。

「哇啊啊啊啊！」

「阿輝、阿輝，趕快打開手電筒！趕快！」

「啊啊，好，我知道了！咦？這是怎麼回事？」

「你在幹麼啊？趕快把手電筒打開啊！」

「打不開啦！我按了開關也打不開，難、難道是壞掉了嗎？」

「你在搞什麼鬼啊！」

「你這傢伙真沒用，竟然帶壞掉的手電筒來！」

「才不是呢！我剛裝上新的電池耶，這到底是怎麼回事！」

「鬼才知道！」

正當他們在黑暗中鬼吼鬼叫的時候，眼前突然亮起了一道綠色的光芒。

那是個跟籃球差不多大的火球，雖然火焰燒得很旺，卻完全不覺得熱，反而有股冷颼颼的感覺。

三個人嚇得愣在原地，這時綠色火球突然膨脹，把他們吞了下去。

「嗚啊啊啊啊！」

三個孩子緊緊抓住彼此，放聲尖叫。

「完蛋了！這下子死定了！」正當他們這麼想的時候，聽到了一個陌生的沙啞聲音。

「啊！這次來了三個幫手啊。很好很好，這樣人手就夠了。」

聽到那個喜孜孜的說話聲，三人不由得瞪大了眼睛。

眼前是個鋪了榻榻米的小房間，有一隻巨大的貓咪出現在他們面前。

虎

# 二

那隻虎斑貓的體型很巨大，簡直就像是相撲選手。而且牠胖嘟嘟的，像人一樣用後腿站立，牠的身上繫著白色圍裙，臉上甚至還有三隻眼睛。

「是妖怪！」

因為太過恐懼，他們三個嚇得無法動彈，就連尖叫聲也發不出來。

那隻三眼貓低頭看著他們三個手上拿著的紅色蠟燭。蠟燭亮著綠色的火光，和剛才看到的火球顏色相同。

三眼貓把蠟燭吹熄，笑了笑說：

「店裡現在忙得不可開交，誰來幫忙都可以，就算是人類也沒關係。好，你們三個就給我在這裡好好的努力工作。」

「工、工作？」

「你們不是用了紅蠟燭嗎？在新月的夜晚點亮紅蠟燭，然後說出咒語，就代表你們想要打工，所以我同意你們在我店裡工作。」

「咒語？你說的咒語，該不會是『我向無月之夜祈願，請給我工作』這句話吧？」

「對、對、對，就是那個。既然你知道這句話，就代表你有說過，對吧？」

三人一聽頓時臉色發白。

他們根本沒想到那句話竟然是這個意思。

「打工？在妖怪貓的店裡打工？開什麼玩笑！我才不要呢！」

三人還來不及把話說出口，妖怪貓便緩緩的說：

「我把話先說在前頭，我們的合約已經成立了。如果你們不相信，就看一下自己的手臂。」

三人聽了妖怪貓的話，急忙看向自己的手臂，這才發現他們每個人的右手臂上，都有一塊像是貓腳印的瘀青。

「那是合約的印章。你們別想逃走，一旦動了想逃的念頭，就是違反合約，你們全部都會變成老鼠。到時候，我會把你們拿去做成炸天婦羅，聽明白了嗎？」

三人嚇得魂不附體，點頭如搗蒜。他們看了手上的印記，就知道這不是恐嚇，也不是開玩笑，而是真的會有這樣的結果。

「很好很好，你們知道了就好。我先聲明，只要你們努力工作，我是個很好的雇主。三餐都會讓你們吃飽飽，也會讓你們睡飽飽，所以你們可別偷懶，也不要動歪腦筋。知道了嗎？」

「知、知道了！」

「好，你們以後就叫我老闆。哎呀，已經這麼晚了。這裡還有一個打工的前輩，他會告訴你們工作的內容。喂，桃公，桃公。」

老闆大聲呼叫，接著有一個人走了進來。

那個老爺爺看起來很不尋常，頭上綁了一條桃子圖案的毛巾，身穿橘色和黑色交錯的虎斑工作服，再加上兩道濃密的白眉毛和粉紅色的長鬍子，看起來格外可愛。

「老闆，有什麼事？現在還是休息時間喲。」

「哦，跟你說個好消息。最近店裡的生意很忙，你一個人不是忙不過來嗎？所以我僱了新的工讀生，你負責教他們。」

「工讀生？」

老爺爺看到三個小孩子，露出了驚訝的表情。

「他、他們不是人類嗎？老闆，這是怎麼回事喲？是向妖精買來的嗎？」

「才不是呢！我用招募工讀生的咒術，他們就送上門了。他們就交給你了，我要先去廚房做準備。」

說完，老闆便走出房間。

房間內只剩下他們四個人的時候，老爺爺用一臉為難的表情看著他們。

「呃……好吧，那就請你們先自我介紹一下喲。我希望你們叫我桃公喲，你們呢？請把你們的名字告訴我喲。」

「我、我叫章介。」

「我叫……我叫阿輝。」

「我是遙人。」

三人用像是蚊子叫的微弱聲音，報上自己的名字。

「所以是章介、阿輝和遙人。好，我記住了喲。你們是真的想打工嗎？想要在妖怪的店裡打工？」

「才、才不是呢！」

「我們才不想打什麼工！」

「你說妖怪的店是什麼意思？這、這裡是哪裡？」

三人你一言我一語的大聲嚷嚷著，桃公急忙把手指放在嘴唇上。

「不可以這麼大聲喲。老闆在廚房做準備，如果影響到老闆工作，牠會大發雷霆喲。所以……你們並不想在妖怪的店打工喲？」

「不想！」

「那你們怎麼會使用紅蠟燭呢？你們不是點了火，而且還唸了咒語嗎？」

「……」

看著陷入沉默的三人，桃公一臉同情的說：

「那就沒辦法了喲，你們必須一直在這裡工作，直到老闆滿意為止。」

「這、這裡是什麼地方？」

「這裡是妖怪食堂『貪吃亭』。老闆是廚師，我們是跑堂，要把老闆做好的料理端給客人，還要為客人點餐、洗碗和打掃喲。

嗯，就是普通的工作喲。」

接著桃公又壓低聲音說：

「但是店裡的客人不是人類喲，所以要鎮定自若的接待牠們，千萬不可以驚訝，也不能逃走喲。」

遙人費力的開口問：

「這、這是……怎、怎麼回事？」

「沒有什麼怎麼回事喲，在這裡是很正常的事，因為這裡是妖怪城喲。」

說完，桃公便伸手打開房間後方的窗戶。三人從窗戶向外張望，這次真的嚇到雙腿發軟。

窗外乍看之下是個普通的城市，在五顏六色的燈籠下方，有一整排的商店，街道上擠滿絡繹不絕的客人。

但是，那些客人都不是人類。

有的客人長著野獸的臉，有的背上長滿無數尖刺，還有穿著衣服的青蛙和蛇，或是身上冒著火焰的傢伙，盡是一些看起來很詭異的生物。

牠們全都是妖怪，這裡真的是妖怪的世界。

三個小孩嚇得倒吸一口氣，桃公則慢條斯理的對他們說：

「其實人類的世界和妖怪的世界距離很近喲，只要經由正確的入口，隨時都可以來來去去。你們剛好使用了打開入口的其中一個方法，所以才會來到這裡喲。」

「我們不、不能回家嗎？」

「只要合約結束，你們就可以回家喲。所以在這之前要認真工作，絕對不可以違反合約，千萬要牢記這件事喲。」

三個小孩點了點頭。這個桃公看起來是好人，他們決定要聽桃公的話。

章介開口問：

「桃、桃公，你也是用了蠟燭，才被抓來這裡的嗎？」

「不是，我是因為其他原因在這裡打工喲。啊，營業時間快到了，你們要換上店裡的制服喲。」

桃公急忙衝出房間，很快又拿著制服跑了回來。

「趕快換上這件制服，尺寸應該沒問題喲。」

桃公把和他身上有相同虎斑圖案的工作服交給他們，三個人手忙腳亂的換上制服，最後把藍色圍裙緊緊繫在腰上。

「很好很好，很合適喲。那我們去店裡喲。」

三人跟著桃公走出房間，沿著旁邊的樓梯下了樓。

走下樓梯時，他們聞到了一股香噴噴的味道，那是各式料理的香氣。

在他們忍不住用鼻子大力嗅聞的期間，很快就到了一樓。

樓梯右側有一個吧檯，吧檯的後方是大廚房。

自稱是老闆的妖怪貓，在廚房裡忙得團團轉，牠接連攪動好幾個鍋子，一下子撒香料，一下子用超高速切蔬菜和肉，簡直就像是在變魔術。

三人看得出神，於是桃公拉著他們說：

「那裡是廚房，我們要站在吧檯前把客人點的餐告訴老闆喲，然後老闆就會把餐點端過來，接著我們再把那些餐點端給客人。食堂在這裡。」

桃公說完，便走向左側。

那裡的確是一間食堂，裡頭擺著好幾張桌子和椅子，桌椅後方則是門和窗戶。這家食堂就位在馬路旁邊，一雙雙紅色或紫色的眼珠子正從窗外朝店內張望。

「啊，客人已經來了喲，那我來開門喲。」

桃公快步走向門口，把店門打開。

「歡迎光臨喲！貪吃亭今天也開門為各位服務喲！」

「喔，我們等很久了！」

「我肚子餓扁了，今天的推薦定食是什麼？」

「是殭屍豆咖哩附霸王炸豬排喲。」

「哇，光聽名字我的口水就快流下來了，那我就點這個。」

「我也要點這個，然後甜點要蜜豆湯圓。」

妖怪們大聲嚷嚷著，一個接著一個走進食堂。

桃公步伐輕盈的走來走去為妖怪帶位，並在小筆記本上記下牠們的點餐內容。然後他轉頭望向三個孩子，對他們點頭示意，要他們像自己一樣接待客人。

但是他們三個愣在原地，遙人甚至一屁股跌坐在地上，渾身發抖的抱住了頭。

「啊啊啊！我不行，我絕對沒辦法！」

看到遙人崩潰的樣子，章介和阿輝也愣在原地。這時，他們三人的手臂開始發癢，低頭一看，手臂上竟然長出了灰色的毛。

三個小孩嚇得說不出話，桃公跑到他們面前小聲的說：

「如果你們站著不動，就等於是違反合約，會變成老鼠喲。這樣也沒關係嗎？」

當然有關係！

最膽小的阿輝率先採取了行動。他下定決心後，臉色鐵青的走向蛇臉妖怪。

「歡、歡、歡迎光臨。」

「哦，是新來的？哈哈哈！你緊張得發抖耶。嗯，好好加油，那我就點餐啦。給我一份大怪鳥蛋定食，飯要大碗的。」

「好、好！」

「啊，也麻煩幫我點餐。我要點鮮煮霸王茄子，再加上滿滿的柴魚片。」

「好！」

阿輝為客人點完餐，便跑向後方，對著吧檯內大聲的說：

「老、老闆，一份大怪鳥蛋定食，飯要大碗的。還有一份鮮煮霸王茄子，客人說要加滿滿的柴魚片。」

「好哩！」

廚房傳來老闆很有精神的回答。

章介對等待老闆出餐的阿輝說：

「阿輝，你、你太厲害了。」

「嗯，你也知道我家是開中華餐館的，我覺得就、就像是在家裡幫忙一樣。只要把那些客人想成是穿了妖怪裝，就不會覺得可怕了。」

「想成是穿妖怪裝……好，我也這麼辦。」

章介深吸一口氣，走向一個有著細長脖子的妖怪。現在只剩遙人還沒有開始工作。遙人心想不妙，但是雙腿卻使不上力，他死也不想靠近那些妖怪。

桃公似乎看不下去了，他拉著遙人走進廚房。這時，老闆正在廚房內用大量的油炸著某種不知名的食物。

「老闆，這孩子似乎不適合在外頭招呼客人喲，可以讓他在這裡洗碗嗎？」

「好吧，這也沒辦法。其他兩個人呢？」

「那兩個人沒問題，正在賣力工作喲，兩個人都很勤快喲。」

「太好了。好，小鬼，你去那裡的流理臺，把收回來的盤子和鍋子洗乾淨……聽到沒有？」

「聽、聽到了。」

遙人的眼淚在眼眶中打轉，開始動手清洗髒鍋子和髒盤子。

送回廚房的碗盤不斷的被放進流理臺，簡直就像永遠都洗不完似的，而且老闆偶爾還會罵他：「你沒洗乾淨！」

「你看上面還這麼髒！那堆盤子都要重洗！不必求快，要把每一個碗盤都洗乾淨啊！」

每次挨罵，遙人的眼眶就會湧出淚水，但是比起近距離面對可怕的妖怪，待在廚房洗盤子還比較好，所以他拚命的動手清洗。

就這樣，經過了好幾個小時。

遙人開始覺得手在水中泡得發皺、疼痛，光是站著都覺得很痛苦。這時，有人拍了拍他的肩膀。

回頭一看，原來是端著一堆盤子的桃公。

「辛苦了喲，這些是最後一批盤子，我會負責清洗。你去二樓剛才那個房間，老闆做了員工餐，你可以上去吃喲。」

遙人把洗碗的工作交給桃公，然後逃跑似的離開廚房去了二樓。他聽到二樓傳來熱鬧的說話聲，是章介和阿輝在聊天。

他們兩個為什麼那麼高興？

遙人驚訝的走進房間，眼前的章介和阿輝雖然看起來十分疲憊，但雙眼卻炯炯有神，而且臉上還帶著笑容。他們一看到遙人，笑得更開心了。

「啊，遙人，你洗完碗了嗎？」

「辛苦了。你看，這些食物是老闆為我們準備的，趕快來吃吧。」

「我肚子超餓的，來吃吧。」

他們說得沒錯，房間內的矮桌上，有個大盤子內裝了很多飯糰，還有烤香腸、洋芋泥、雞肉沙拉和當作甜點的橘子石花凍，桌子上擺滿了豐盛的料理。

遙人不由得火大了起來。雖然他肚子很餓，但一想到要心存感激的吃那個老闆做的食物，他就覺得很生氣。

「我絕對不會說這種東西好吃。」遙人暗自下定決心，默默拿起一根香腸咬了起來。

滿滿的肉汁在嘴裡擴散，他差點忍不住大叫：「太好吃了！」遙人第一次吃到這麼好吃的香腸，他立刻胃口大開，拿起飯糰大快朵頤。

章介和阿輝也開動了。吃飯的時候，他們兩人一直在聊天。

「那個獨眼龍妖怪簡直是大胃王，太厲害了。」

「對啊，竟然一轉眼就吃了五碗天婦羅丼。」

「相比之下，白狐女妖的吃相就優雅多了。」

「沒錯沒錯，拿筷子的姿勢超好看。」

「啊，對了，雪男還送了糖果給我，說是獎賞我努力工作。」

「真好。不知道明天會有哪些客人上門？雖然一開始很害怕，但現在反而有點期待了。」

「我也是我也是。」

看到兩人開心聊天的樣子，遙人覺得很火大，忍不住大聲罵他們。

「期待個什麼勁啊！你們有沒有搞清楚我們目前的狀況？一定是因為你們有這種想法，我們才會來到這種地方！紅蠟燭是實現了你們的願望吧，難道不是嗎？既然這樣，我們會來這裡都是你們造成的！」

「你在說什麼啊！不是你唸了蠟燭的咒語嗎？」

「少、少囉嗦！你們兩個都是討厭鬼，我會痛恨你們一輩子！」

遙人哭喪著臉發出尖叫。他太難過了，無法不怪罪別人。

章介惡狠狠的瞪著遙人，而且眼神極其冷漠。

「竟然把責任推到別人身上，真是太過分了。阿輝，你不必在意遙人說的話，我們來吃飯糰。」

「嗯，好。」

章介和阿輝不理遙人，遙人也完全不想和他們說話。

## 三

隔天，他們被鳥啼般的聲音叫醒了。

「趕快起床，快起床，起床時間到了喲。」

遙人起床後大失所望。

他發現自己睡覺的地方是一個小房間，眼前還站著桃公。原本他希望一覺醒來之後，一切都能恢復原狀。

不過章介和阿輝卻精神抖擻，興奮的問桃公：「今天只要像昨天那樣工作就可以了嗎？」

遙人越看越火大，心想：

「他們竟然已經接受妖怪世界的生活，我才不要像他們那樣。」

遙人板著臉問桃公：

「我們要在這裡被人使喚到什麼時候？」

「昨天已經說過了喲，要一直做到老闆滿意為止喲。好了，我幫你們拿了早餐，你們趕快把被子摺好收進壁櫥，然後趕快吃早餐喲。」

三人聽從桃公的指示，把被子收進了壁櫥。遙人的被子一直摺不好，花了很長的時間，但是章介和阿輝沒有出手幫忙，似乎是還在為昨天的事生氣。

「這兩個傢伙想怎樣！算了，我絕對不要和他們說話。」

遙人更加頑固的認為自己沒有錯。

三個人在尷尬的氣氛中，默默吃著桃公送來的三明治和水果。

等他們吃完早餐，桃公又走了進來。

「你們趕快換制服，要去店裡打掃喲。」

三人要在食堂開始營業前打掃店面，把桌子擦乾淨，再用掃帚掃地，還要擦窗戶。光是做這些事，就讓遙人感到很厭煩。

「真想趕快逃離這裡。」

遙人滿腦子都在想著這件事，所以感覺更累了。

食堂的營業時間快到了，桃公問遙人：

「那個……遙人，你今天有什麼打算？要不要試試在食堂內接待客人？」

「我在廚房就好。」

「好，那你就去廚房喲。章介、阿輝，你們和我一起在前臺喲，今天也要好好工作喲！」

「好！」

章介和阿輝很有精神的回答。遙人不滿的瞪著他們，慢吞吞的走向廚房。

老闆正在廚房內削馬鈴薯皮。

「哦，我記得你叫遙人，你來得正好，你把那裡的廚餘拿去丟掉。打開那道門就能通往後巷，後巷深處就是垃圾場。」

「好……」

遙人拿起沉重的垃圾袋，按照老闆的指示打開小門。門外的確是一條小巷子，看起來比店門前的馬路昏暗，也沒有看到妖怪的身影，但是巷子裡的空氣很潮溼，有一種陰森可怕的感覺。

遙人快步走到巷底，把手上的垃圾袋丟出去。他因為不小心太用力而腳下一滑，於是趕緊伸手扶住小巷的牆壁。牆壁溼溼滑滑的，他的手上似乎沾到了像是汙泥的東西。

「可惡！可惡可惡可惡！」

遙人跺著腳咒罵。

「你還好嗎？」

這時，他的身邊響起一個銀鈴般的說話聲。回頭一看，有個女生站在他身後。

那個女生的年紀和遙人差不多，身上穿著黑色洋裝，還繫著有蕾絲的白色圍裙，看起來就像是個女僕。她的臉蛋很漂亮，有著一頭鬈髮和一雙水汪汪的大眼睛，嘴脣是淡淡的櫻花色，遙人忍不住心跳加速。

女生看到遙人愣在那裡，於是輕聲細語的對他說：

「你也是人類嗎？你該不會是被迫來貪吃亭打工吧？你叫什麼名字？」

「我叫遙人……你是誰？」

女生露出悲傷的笑容說：

「我叫天纈，和你一樣是被迫來到這裡工作，我在另一家店供人使喚。我在這裡已經兩個月了。」

「兩個月……」

遙人立刻對她產生了同情。這麼可愛的女生，竟然在這種可怕的地方生活了兩個月，他忍不住開口安慰她。

「別、別擔心，你一定很快就能回家了。」

「你為什麼會這麼想？」

「因為……桃公是這麼說的。只要把我們找來這裡的妖怪滿意，我們就能回家了。」

「唉，」天纈嘆了一口氣說：「真可憐。遙人，你們被騙了。不是妖怪把小孩子找來這裡，其實是那個桃公把我們拉進這個世界裡。」

「怎麼可能……是桃公？」

「就是他。他看起來像是好人，但內心卻很邪惡，千萬不能相信他的鬼話。但是我們也不能違抗他，因為可以回家的鑰匙就在他手上。」

「咦？真的嗎？」

「對啊……我看你很厲害，也許你有辦法成功。」

天纈瞥了遙人一眼。天纈的眼神讓他臉紅心跳，遙人產生了想要保護她的想法。

遙人用有點沙啞的聲音小聲問她：

「什麼事情有辦法成功？」

「搞不好你有辦法瞞過那個惡魔，拿到回去原來世界的鑰匙……請你救救我，我不想再繼續留在這種鬼地方，你是我唯一的希望，拜託了。」

天纈淚眼汪汪的懇求，讓遙人的心臟撲通撲通跳了起來，而且「拜託了」這三個字，激起了他強烈的自尊心。

老實說，遙人的自尊心太強，反倒容易受到傷害。他以前在章介和阿輝的面前很強勢，所以是三人組中的老大。

沒想到來到妖怪的世界後，自己竟然變得最不中用。遙人對這件事很懊惱，也無法忍受。他不能原諒這樣的自己，看到章介和阿輝對目前的打工生活樂在其中，他更是恨得牙癢癢。

但是，此刻天纈向自己求助了。

「沒錯，我是值得依靠的人。」

遙人頓時湧現了力量和自信，他點了點頭說：

「交、交給我吧，我會救你。但是，我該做什麼呢？」

「噓！等食堂打烊、大家都睡著之後你再來這裡，那時候我們就有時間慢慢聊了。我差不多該回店裡了。」

「我知道了，那、那就晚上見。」

遙人和天纈約定後，便回到貪吃亭的廚房。

「怎麼去這麼久！」老闆劈頭就罵遙人，但他完全不在意。

「我是英雄，我要成為英雄拯救天纈，我一定可以做到，我一定要成功。」

遙人帶著酸酸甜甜的心情開始洗碗。

當天晚上，吃完老闆特製的海鮮燴飯、炸春捲和杏仁豆腐，遙人立刻為自己鋪好被子。章介和阿輝見狀，想要跟遙人說話，他們大概是想和遙人和好吧。

但是遙人無視他們，直接鑽進了被子。現在他已經不把眼前的兩人放在眼裡了。

他想，現在有了天纈，有可愛的女生依靠自己，誰還會想理這兩個傢伙。

雖然聽到章介他們嘆氣的聲音，但是遙人卻用力閉上了眼睛。

不一會兒，房間的燈關了，遙人聽到章介他們躺進被窩的聲音。他又等了一會兒，直到房間內響起輕微的鼾聲和均勻的鼻息。章介和阿輝可能是因為工作很累，所以一下子就睡著了。

遙人悄悄坐起身，躡手躡腳的溜出房間。因為桃公的房間在隔壁，他小心翼翼的悄悄走過，接著下樓走去廚房。老闆應該也睡了，廚房內沒有半個人。

遙人打開後方的門來到小巷內，這時天色已經微亮，早晨即將來臨，但是整個城市寂靜無聲，也完全感受不到妖怪的動靜。

這裡和人類的世界不一樣，白天和夜晚的氣氛剛好相反。黎明的寒意讓遙人忍不住發抖，他輕輕的叫了一聲：

「天纈，你在嗎？」

「我在這裡。」

天纈從暗處現身，跑向遙人。

「太好了，你真的來了。」

「我當然會來啊，我們不是約好了嗎？」

「嗯，我很高興。」

天纈對他嫣然一笑，看到她的笑容，遙人頓時心花怒放。他無法克制自己的臉越來越紅，只好把頭轉到一旁快速的問：

「所以呢？回去原來世界的鑰匙是什麼？如果你知道，希望你能告訴我。」

「嗯，白天我就已經告訴過你鑰匙在桃公手上，你有沒有看過桃公的木箱？」

「木箱？」

「就是上面有桃子圖案的大木箱，可以背在身上，裡面有很多抽屜。鑰匙應該就在那個大木箱裡。」

「真的假的？所以、所以可能就在桃公的房間內。」

遙人興奮得呼吸也變得急促起來。

「如果是這樣，事情就簡單了。只要趁桃公不在的時候溜進房間，在找到那個木箱後把鑰匙拿到手就好。天纈，我會去試試，一定可以找到鑰匙，然後把鑰匙偷出來。」

「嗯，我就知道你會這麼說。」

天纈笑咪咪的繼續說：

「遙人，雖說是鑰匙，卻不是普通鑰匙的形狀。」

「啊，是這樣啊。」

「對，而且我希望你從木箱裡找到三樣東西帶出來，如果沒有這三樣東西，我們就沒辦法逃離這裡，所以你要仔細聽清楚。」

天纈仔細向遙人說明那些希望他帶出來的東西。

「你記住了嗎？千萬不能忘記。」

「別擔心，我不會忘記的。」

「那就拜託你了，因為我沒辦法進入貪吃亭，所以只能靠你了。小心不要被桃公發現。」

「知道了……我找到那些東西之後要怎麼辦？」

「到時候你再來這裡叫我一聲，我馬上就會趕過來……遙人，我們一起回去原來的世界吧。」

遙人看著天纈燦爛的笑臉看得出神，同時下定了決心，自己無論如何一定要成功，萬一失敗了，天纈一定會很失望，他絕對不能失手。

下定決心後，遙人回到了貪吃亭。

他走上樓梯，在回到自己的房間之前，他決定先去隔壁房間張望。如果有機會，就馬上偷走那些東西。

他從門縫窺視房間的狀況，但是卻大失所望。

房間裡確實有一個大木箱，天纈說的應該就是那個沒錯，但是桃公在房間裡，而且他竟然還抱著那個大木箱睡覺，遙人根本不可能靠近。

「好，那就等到明天。等明天桃公在食堂工作的時候，再去他房間把東西偷出來。」

遙人做了決定之後，靜靜回到自己的房間。

隔天，遙人在廚房洗碗時，一直在尋找機會。

當晚食堂內來了很多客人，在老闆和桃公都最忙碌的時候，遙人故意發出嘔吐的聲音。

「噁！老、老闆，對不起，我有點不舒服，可、可以去廁所一下嗎？」

「怎麼了？你還好嗎？好啊，快去吧，快去吧。」

「好！」

遙人衝出廚房，假裝去廁所，但卻溜進桃公位在二樓的房間。

桃公的房間跟遙人他們睡覺的房間是大小相近的和室，房間內的被子已經收了起來，只有一張小矮桌和一個座墊，那個木箱就放在房間的角落。

遙人立刻打開木箱的蓋子，拉開抽屜找了起來。

天纈說得沒錯，抽屜裡裝滿了許多奇奇怪怪的東西，有許多裝了五顏六色粉末或碎屑的小瓶子，還有一大堆貝殼、昆蟲屍體和魚骨頭。

「這些東西看起來像是某種收藏，但它們到底是什麼啊？不不不，現在沒有時間仔細看了，得趕快找到天纈交代的東西才行。」遙人心想。

遙人瞪大眼睛開始尋找，找到天纈交代的東西後，便把它們塞進工作服的內袋裡。

「終於找到所有東西，這下子應該沒問題了。」

遙人立刻離開桃公的房間回到廚房。

一進門，老闆便開口問他：「遙人，你沒事嗎？」

「沒事，只是有點不舒服而已。」

「是嗎？你的臉色看起來很差，你從後門出去呼吸一下外面的空氣。沒關係，沒關係，我會叫章介或阿輝來洗碗。」

老闆說出了遙人求之不得的話。

遙人努力忍著笑意向老闆道謝，立刻來到後門的小巷子。

他吸了一口氣，開口呼喚：「天纈。」

天纈立刻從黑暗深處走了出來。

她到底是躲在哪裡才能聽到他的聲音啊？遙人感到很納悶，但還來不及開口，天纈就撲了上來。

「啊，遙人！你這麼快就拿到了嗎？好厲害，你太厲害了，真是太神勇了！我就知道你一定會成功！」

「是、是啊，我說會成功，就一定能成功。你看，這樣就可以了嗎？」

遙人把偷來的東西遞到天纈面前。

那是裝了金色粉末的小瓶子、黑色鉛筆，還有一根很長的漂亮白色羽毛。

天纈看到這些東西，雙眼立刻亮了起來。

「沒錯，就是這些東西！遙人，你做得很好……這下子終於可以恢復自由了。你等一下，我先做準備工作。」

天纈拿起黑色鉛筆，在小巷的牆壁上畫了一個很大的圓圈，然後在圓圈內寫了一些扭來扭去的文字。

遙人想著：「這看起來好像是動畫或漫畫中會出現的魔法陣」，然後忍不住著急了起來。

要是老闆和桃公在這個時候來察看自己的狀況怎麼辦？

他希望天纈動作快一點，於是開口對天纈說：

「你還要花多長的時間？這樣真的能夠回去嗎？」

「當然啊，我們兩個都可以回去人類的世界。」

「我們兩個……」

「對啊，只有我們兩個人。」

天纈看起來很興奮，但是遙人突然冷靜了下來，因為他的腦海中浮現了章介和阿輝的身影。

雖然他還在生章介和阿輝的氣，覺得他們不再是自己的朋友了，但是一想到真的要丟下他們，總覺得有點不捨。

當遙人陷入煩惱時，天纈已經在牆上畫完圓圈，然後拿起了白色羽毛。她掀起自己衣服的袖子，在她又白又細的手腕上，畫滿了複雜的黑色圖案。

在瞪大眼睛的遙人面前，天纈用羽毛前端描繪圖案，結果羽毛竟然慢慢變黑了，不過她手腕上的圖案卻逐漸淡去。

等手腕上的圖案完全消失後，天纈看著遙人嫣然一笑，嘴脣揚起可愛的笑容。

「謝謝你。我原本會被困在這裡二十年，現在終於自由了。呵呵，而且你還幫我從桃公那裡偷到了我夢寐以求的東西。遙人，我真是太喜歡你了。」

「喜、喜歡……你這麼說我很不好意思。」

遙人的臉漲得通紅，但是天纈向他伸出手。

「呵呵，你這種態度也很可愛。走吧，在他們發現之前，我們一起逃離這裡。」

「嗯，好啊。」

別管章介和阿輝了，他們就自求多福吧。

遙人拋開猶豫和罪惡感，握住了天纈的手。天纈笑得更開心了，探頭看著遙人的臉說：

「遙人……你真的太蠢了。」

「什麼？」

在遙人感到驚訝的同時，全身也湧起一種奇妙的感覺。

一種難以形容的不舒服席捲全身，令他感到頭暈目眩。

然後……

當他猛然回過神時，遙人發現自己變成了一隻小老鼠。

天纈看著放聲大叫的遙人哈哈大笑，似乎發自內心感到高興，而且她冰冷的笑聲令人背脊發涼。

「你真的以為可以和我一起逃離這裡嗎？只可惜我完全沒有這種打算。你的確是我喜歡的類型，自私自利又很懦弱，只有自尊心特別強，但是如果你是一隻『老鼠』，我就敬謝不敏了。反正這道門也只能讓一個人通過，所以就拜拜囉。」

天纈說完，抓起裝了金色粉末的小瓶子，把手放在牆上畫好的圓圈內，她的身體便慢慢被圓圈吸了進去。

遙人意識到她正在離開這個世界，忍不住驚叫了起來。

「等、等一下，不要丟下我！」

「討厭，你這隻髒老鼠不要靠近我！」

天纈無情的把遙人踢開，遙人就這樣重重撞到牆上。疼痛和衝擊讓他昏了過去，只聽到耳邊傳來天纈殘酷的笑聲。

就在這時，貪吃亭的門打開了，桃公衝了出來。

桃公一看到天纈便瞪大了眼睛。

「啊，天邪鬼！」

「哎喲，沒想到被你發現了，但是很遺憾，今天這一局是我贏了。桃公，改天見，下次再陪我玩吧。」

天纈樂不可支的說完這句話，整個人消失在牆壁中。

## 四

等到遙人回過神時，發現自己已經回到了貪吃亭的廚房。桃公、老闆，還有章介和阿輝都圍繞在他身旁，一動也不動的低頭看他。遙人發現他們的身體都變得很高大，這才想起自己變成老鼠的事。

「啊啊啊啊！」

遙人承受的打擊太大了，完全說不出話來。

老闆嘆著氣對遙人說：

「既然你都變成這樣，那就沒辦法囉，我來準備油鍋，把你炸成天婦羅。」

老闆站了起來，章介和阿輝急忙抱住老闆說：

「等、等一下！老闆，請你等一下！」

「不要！請你不要把遙人變成天婦羅！」

「你們求我也沒用，是他先違反合約，我也很無奈啊。」

「不要不要，我不要遙人被炸成天婦羅！」

「老闆，求求你，遙人的工作我會幫忙做！」

不光是阿輝，就連章介也哭著拉住老闆的手苦苦哀求。看到

虎
虎

那兩個人的模樣，遙人的內心感慨不已。

「我原本……打算丟下章介和阿輝，跟天纈一起回到人類的世界，但是他們卻在為我求情。啊啊，對不起，真的很對不起。」

遙人無法訴諸言語的想法，變成眼淚流了下來。

這時，桃公伸手接住了遙人流下的眼淚，然後笑著說：

「是惡童洗心淚喲。嗯，這是上等貨，而且是很難蒐集到的珍貴材料，沒想到竟然在這裡得到了喲。」

看到桃公喜孜孜的把眼淚裝進小瓶子，阿輝開口詢問：

「桃公，你在說什麼？你說眼淚是材料，這是什麼意思？」

「就是你聽到的意思喲。我的本業是賣中藥的郎中……不過真是太遺憾了，如果手邊還有另一種材料，我就可以讓遙人恢復人形喲。」

阿輝和章介聽了桃公的嘟囔，臉色大變的問：

「桃公，這是真的嗎？」

「可以讓遙人恢復人形嗎？」

「不是，你們沒有聽清楚我的話，現在還缺少一樣材料喲。如果你們兩個願意協助，也許會有辦法……嗯，不不不，可能是我太異想天開了，那不是能夠輕易得到的材料，你們就當作沒聽到我剛才說的話喲。」

桃公有點故弄玄虛，於是章介和阿輝緊追不捨的問：

「只要我們願意協助就行了嗎？這樣就可以得到另一種材料了嗎？」

「我願意！我們什麼事都願意做，請你幫幫遙人！」

看到章介和阿輝熱心懇求的樣子，桃公拗不過他們，於是點了點頭說：

「那我就來調製『違反解除湯』，只是我也不知道能不能成功喲。老闆，如果我順利調製出來，你就會少一個工讀生，這樣沒問題嗎？」

「沒問題，你們可以隨便處理，只要這兩個人留下來，應該就能應付店裡的生意。」老闆冷冷的說。

桃公把木箱拿了過來，從木箱中取出許多道具和小瓶子。他把幾種粉末倒進小酒杯中充分攪拌，然後再把遙人的眼淚輕輕倒進去。

桃公轉頭看向章介和阿輝，然後遞給他們一人一根又長又細的銀針。

「接下來就輪到你們了喲，請你們在這裡各滴一滴血，但在滴血之前，請你們仔細想一想喲，要仔細想遙人的事喲。」

桃公的聲音突然變得很嚴肅，聽起來也很可怕。

「遙人原本打算背叛你們喲，他打算和天邪鬼聯手，自己回去人類的世界，所以他變成老鼠是理所當然的報應。即使是這樣，你們仍然喜歡遙人嗎？依舊發自內心的想要救他嗎？」

「……」

「只要有一丁點的猶豫，你們的血就不能發揮作用喲。只有充滿純粹友情的血液——真正的『友信血』，才能夠調製出『違反解除湯』。」

原來是這樣，所以桃公剛才說的「那不是能夠輕易得到的材料」，指的就是這件事。

章介和阿輝臉色發白，沉默了很長一段時間。

他們的沉默讓遙人痛苦不已，但是他無法為自己辯解，只能獨自垂頭喪氣。

不一會兒，阿輝緩緩開了口。

「桃公……朋友不見得整天都很要好，有時候會吵架，有時候會向對方發脾氣，但是我覺得能夠接受朋友的一切，才是真正的朋友。」

「我也這麼覺得……雖然有點生遙人的氣，但還是喜歡他，也覺得他很重要，所以桃公，請你用我們的血試試看。」

桃公聽了他們的回答，並沒有點頭同意，依然露出可怕的表情，用冷靜的話語說明。

「不光是這樣而已喲，我接下來要調製的藥，必須付出很大的代價喲，畢竟這是化解違反合約懲罰的藥嘛……代價是你們可能會一直被困在這個世界喲，也就是說，你們可能再也回不去原來的世界了喲。怎麼樣？你們認為遙人有這樣的價值嗎？」

這個問題令人很為難，而且也很沉重。

章介和阿輝再度陷入沉默，而且這次沉默的時間比剛才更長。不一會兒，他們兩個終於採取了行動。他們用顫抖的手接過桃公手上的針，毫不猶豫的刺進自己的手指，指尖立刻出現了血滴。

「桃、桃公，這是我的血。」

「請你用來調製看看。」

桃公目不轉睛的看著章介和阿輝，露出笑容說：

「合格。你們的血是貨真價實的『友信血』喲，那我現在就來調製藥劑。」

桃公把他們兩人的血放進小酒杯，然後輕輕攪拌了一下。

「好，終於完成了。遙人，請你喝下去喲。」

淺桃子色的藥劑在小酒杯中搖晃，雖然顏色看起來很柔和，氣味卻嗆得遙人頭都昏了。

遙人忍不住向後退。他不是被藥的氣味嚇到，而是章介和阿輝可能會因此被困在妖怪的世界，自己絕對不能讓這種事情發生。

但是桃公用力抓住遙人的身體說：

「好了好了，你不要逞強，趕快喝下去喲。」

桃公說完，便把遙人的頭壓向小酒杯。遙人立刻憋住呼吸，但他沒辦法憋氣太久，最後只能把藥喝下去。

在他把藥大口喝下去的同時，一陣好像身體要炸開的感覺貫穿了全身。

「好苦！不對，好辣！不對，舌頭好像酸到縮起來似的？」

強烈的刺激讓他忍不住渾身發抖，然後……

等他回過神時，發現自己終於恢復成人形，一屁股跌坐在地上。

「我、我……恢復人形了嗎？」

「遙人！」

「遙人，這真是太好了！」

章介和阿輝興奮得跑了過去，遙人忍不住大聲斥責他們。

「好什麼好啊！怎、怎麼可以這樣，你們不能回去了啊，這樣根本一點都不好！」

遙人在大聲斥責的同時哭了出來，但是另外兩個人一點也不在意的緊緊抱著他。

「哈哈哈，遙人果然愛逞強。嗯，這樣就好。」

「你能恢復原狀真是太好了。我們的事一定有辦法解決，我們會努力尋找回去的方法，你不必擔心。」

「阿輝……章介……」

章介和阿輝的善良刺痛了遙人的心，讓他淚流不止。

「對不起，真的很對不起！我、我真是太沒良心了。」

「別這麼說，你能變回人類真是太好了。」

「遙人，沒事了。」

他們三人抱在一起互相安慰。

等淚水停歇，他們的情緒終於平靜下來時，遙人有了「必須想辦法解決這件事」的想法。

遙人看著桃公說：

「桃、桃、桃公，拜託，拜託你把能拯救章介和阿輝的方法告訴我。我、我、我願意做任何事，桃公你一定知道方法對不對？求求你救救他們。」

「咦？章介和阿輝根本不需要別人救他們喲。」

「他們不是可能會回不去原來的世界嗎？」

桃公故意瞪大眼睛問：

「咦？我有這麼說嗎？哦，那一定是我為了得到『友信血』才說的喲。」

「所、所、所以……」

「他們沒有問題喲，只要合約到期——也就是只要老闆認為不需要他們幫忙了，就算是打工結束，他們就可以回去人類的世界喲。」

遙人聽到這句話，全身癱軟的坐在地上，章介和阿輝也終於露出「鬆了一口氣」的表情。

這時，剛才一直沒說話的老闆對遙人說：

「你這傢伙還真是幸運。總之，你的打工到此結束，一旦違反合約，合約就會馬上終止，再加上桃公替你化解了變成老鼠的懲罰，所以你可以回去原來的世界了。你要馬上回去嗎？」

「啊？」

遙人忍不住看著章介和阿輝問：

「請問……他們呢？」

「他們還不行，還要繼續在這裡打工一段時間。」

章介和阿輝雖然露出了驚訝的表情，但是他們立刻點頭對遙人說：

「遙人，就這麼辦吧，你先回去。」

「阿輝說得對，機會難得，不要錯過了。」

聽到他們這麼說，遙人下定了決心，注視著老闆回答：

「我要繼續在這裡工作，我想和他們一起回去。」

「是嗎？你終於露出讓人看了順眼的表情。」

老闆說著，摸了摸遙人的頭。

「既然這樣，你們就好好工作。剛才鬧出這場風波，我暫時把店門關起來了。桃公，你現在去把店門打開。」

「好喲。」

正當桃公準備走去食堂的時候，三隻高大的三眼妖怪貓湧進了廚房。那三隻妖怪貓長得和老闆很像，身上背著很大的背包。

「叔叔，午安。」

「讓你久等了。唉，來這裡的路途實在太過遙遠，所以花了很長的時間。」

「哦，你們終於來了！我正等著你們呢。」

老闆緊緊抱著三隻妖怪貓，然後回頭對遙人他們說：

「牠們是我的侄子，一直說要來店裡幫忙，但是住得很遠，遲遲等不到牠們，我才決定先僱用工讀生。現在牠們來了，我和你們定下的合約也該結束了。」

老闆咻咻揮了幾下手，章介和阿輝手臂上的貓腳印立刻消失了。

事情的發展太過突然，三個孩子們根本來不及反應，只能茫然的站在原地。

老闆對桃公說：

「不好意思，請你幫忙把他們送回去，再加上你之前在這裡工作的天數，你的打工也到今天為止。」

「太好了喲，那你們三個跟我來喲。」

他們跟著桃公來到後門的小巷，一呼吸到戶外的空氣，三人立刻感受到真的要回家了。

「桃公，我、我們真的可以回去嗎？」

「嗯，合約的印記已經消失了，沒有問題喲。」

「太、太好了！」

「嗯，真的太好了！」

「但是……我們不是三天沒回家了嗎？不知道媽媽會不會擔心。」

「她們一定會臭罵我們一頓。」

「對啊。」

三個人的心情有點憂鬱，不過桃公呵呵笑著說：

「你們不必擔心，妖怪的世界和人類的世界時間不一樣喲，而且我會安排你們在適當的時間點回家喲。」

桃公說完，便朝他們噴了像是香水的東西。那種東西化成紫色煙霧，把三人包圍起來。

「再見了喲，很高興和你們一起打工喲。」

桃公的聲音變得越來越遙遠，接著……

霧氣突然散去，他們發現自己站在位於海岬的小廟前。天色微亮，三人穿著熟悉的衣服騎在腳踏車上。

「這是我們三天前穿的衣服！」

「時光倒轉了嗎？我們回到三天前了？」

「現在是我們去小廟拿紅蠟燭之前！」

在七嘴八舌的叫嚷之後，三人陷入了沉默。

隔了一會兒，遙人開口說：

「我們先回家吧。」

「好。」

阿輝立刻點頭同意，只有章介露出一絲遺憾的表情。

「總覺得沒有人知道我們經歷了一場驚人的冒險，好像有點不過癮。」

「章介，這有什麼關係，我們三個人知道這件事啊。還是……

你想要再點一次紅蠟燭？」

「不，那就不必了，因為下次打工的地方未必是貪吃亭。」

他們相視而笑，騎著腳踏車離開了。

桃公把三個孩子送回人類的世界之後，重重的嘆了一口氣。

「哎呀哎呀，這兩個星期把我給累慘了喲……話說回來，那樣東西被天邪鬼偷走真是太可惜了喲，她一定會把那個東西用來做壞事。而且天邪鬼很痛恨我，絕對會來找我麻煩喲。唉，真麻煩，沒想到又要花心思對付她了喲，這全都是青箕的錯喲。」

就在桃公嘀嘀咕咕的時候，一個爽朗的聲音響了起來。

「桃仙翁，原來你在這裡啊。」

一個身材高大的男人出現了。他是英俊瀟灑的美男子，身穿高雅的衣服，還有一頭水藍色的飄逸長髮。

然而，桃公對這個俊美得讓人看得出神的男人毫不留情。他從木箱中拿出平底鍋，大叫一聲：「看招！」就揮著平底鍋打他。

這個俊美的男人在千鈞一髮之際閃開了，瞪大著眼睛問：

「桃仙翁，你在幹麼！」

「你給我閉嘴！你竟然、竟然害我在貪吃亭打了兩個星期的工喲！你竟然敢出這種爛主意！」

「你可別怪我！是你自己說颯乃辛苦工作了一年才回來，要煮一頓好料的給她吃！」

「我的確有這麼說過喲，但是你喝得爛醉如泥，又是彈琴又是打鼓的吵翻了天，最後還和萊卡把人家的店弄得亂七八糟，弄到要賠償人家喲！結果你居然躲得不見蹤影！你這個可惡的龍神，之前都在幹什麼喲？」

「你、你說我可惡？你這個臭老頭，說話不要這麼口無遮攔好嘛！」

「你少囉嗦喲！如果你有好好守著木箱，那個重要的東西就不會被天邪鬼偷走了喲！」

青箕聽了桃公的話，僵著臉，似乎很驚訝。

「你說天邪鬼？她做了什麼好事？」

「唉……越想越生氣！廢話少說，先讓我修理你一頓喲！」

「喂，臭老頭，快給我住手！」

就這樣，桃公和青箕在小巷內打鬧了起來。

# 桃公的中藥處方箋之1

## 違反解除湯

**用法及用量**

喝下混合必要材料的解除湯。

**作用與功效**

可以化解違反合約造成的後果，定下的合約也會同時解除。

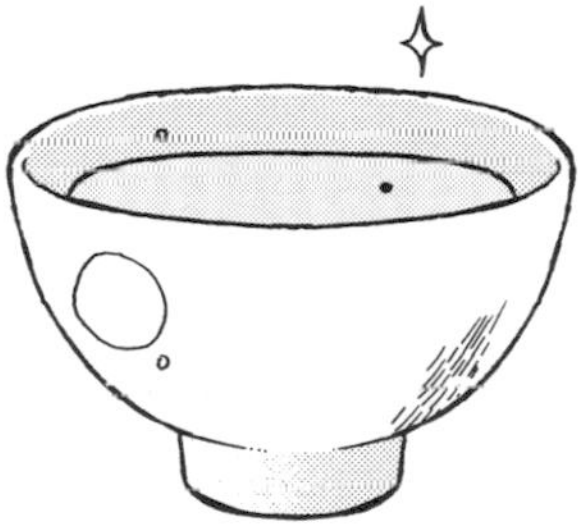

**使用注意事項**

雖然可以化解違反合約的懲罰，但有可能會使朋友無法回到原本的世界。

# 第2章
# 賢妻良夫丹

# 一

「唉，好煩喔，我不想回家！」

敏郎趴在居酒屋的吧檯上，像個孩子一樣大叫著。

敏郎是二十八歲的上班族，太太和他年紀相同，在六個月前生下了一個可愛的女兒。他的工作一帆風順，人生充滿豐富色彩，照理說，未來應該很美好才對。

但是——

自從太太生了女兒之後，整個人性情大變，脾氣變得很火爆，整天都對敏郎發脾氣。

起初敏郎還能忍耐，但是他越來越痛苦，變得根本不想回家，最近連看到太太的臉都感到膽戰心驚。

所以今天下班後，他獨自來到居酒屋借酒消愁。他一杯接著一杯不停灌酒，一下子就喝醉了，忍不住把滿腹苦水說給坐在他旁邊的客人聽。

「我老婆真的很過分，不知道她吃錯了什麼藥，整天都不高興。自從生了孩子以後，家事都做得很馬虎，一整天待在家裡都不打掃，洗好的衣服也不摺，下廚更是偷懶貪方便。上個星期連續吃了五天的咖哩，很離譜吧？如果我在外面吃飯，她又會生氣，說我只顧自己享受。」

「哎呀哎呀。」

「她整天把我當成不中用的廢物！我先說喔，我也努力想要幫她的忙，但是這樣也會惹我老婆生氣。而且她還不讓我好好抱女兒，說什麼自己好不容易才哄女兒睡著，叫我不要把女兒吵醒、不要亂插手！哪有人會對下班回家的老公這樣說話？」

「這……可能是因為哄女兒睡覺真的很辛苦喲。」

「不是不是，她只是想獨占女兒，一定是這樣。不只是這樣，即使我關心她，問她要不要幫忙，她也會冷冷的拒絕說不必了。但是當我開始打電動，她又會很生氣，簡直是莫名其妙。」

敏郎說完，喝了一大口啤酒。

「幫忙不行，不幫忙也不行，完全搞不懂她到底想要我怎樣。我現在回到家也無法放鬆，真可惡，她以前明明很可愛的，現在卻變成了惡婆娘。真希望有什麼藥可以讓她變回以前溫柔婉約的樣子，唉，我不想回家，我不想回家啦。」

敏郎一次又一次的不停抱怨著，剛才一直靜靜聽他說話的客人突然開了口。

「那你今天晚上不要回家，來幫我做事如何？」

「啊？幫你做事？」

「是喲。我是賣中藥的郎中，今天晚上有三位客人和我預約，應該會很忙喲。如果你願意幫忙，那就太好了喲。」

「你是賣中藥的郎中啊，聽起來好帥。但是我幫得上忙嗎？我雖然精通電腦，但對中藥卻一竅不通，搞不好會越幫越忙。」

「不會不會，你一定可以幫上忙喲。如果你願意幫忙，我可以送你『賢妻良夫丹』作為酬謝喲。」

「賢妻良夫丹？那是什麼？」

「那是很棒的藥喲，只要吃了這種藥，原本凶神惡煞的太太馬上就會變得像天使一樣溫柔喲。怎麼樣？你想不想要？」

如果是平時，敏郎一定會覺得「怎麼可能會有這種藥？」但是他那時喝醉了，覺得什麼事都能相信。

可以讓太太變溫柔的藥！如果世界上有這種東西，自己非拿到不可！

而且可以像這樣一整晚不回家，也讓他很開心。這樣就像離家出走一樣，讓人好興奮。

「如果今天晚上沒回家，不知道老婆會怎麼想？她會為自己擔心嗎？搞不好會反省『全都是我的錯』。嗯，就這樣辦，要讓老婆澈底自我反省。」敏郎心想。

敏郎一口氣喝光剩下的啤酒，對坐在自己身邊的客人——那個把粉紅色鬍子綁成麻花辮，看起來與眾不同的老爺爺點頭說：

「好啊，既然這樣，那我一定全力以赴！」

「你的回答很棒喲，真是一位可靠的先生喲。」

「我叫敏郎。」

「敏郎，那我們就出發喲。啊，小姐，麻煩你結帳。這家店的拿手料理——草鞋豬排丼太好吃了喲。」

老爺爺用像是小鳥啼叫的聲音說完後，拿起放在一旁的大草帽，從吧檯的座位跳到地上。

就這樣，他們一起走出了居酒屋。老爺爺走在黑暗的路上，似乎是打算去車站，他的身上還背了一個木箱。

敏郎貼心的說：

「這個木箱看起來很重，要不要我幫你拿？」

「沒關係、沒關係，這個箱子對我來說很重要，我可以自己拿喲。但是謝謝你，你很善良也很體貼……只不過很多人懂得對外人體貼，卻不懂得這樣對待自己的家人喲。」

「嗯？」

「沒什麼，沒事喲。啊，你看，前面就是車站，列車快進站了，我們要加快腳步喲。」

喝醉的敏郎跟著老爺爺走去車站，完全沒有產生任何懷疑。現在已經是深夜，車站內沒有人，而且黑漆漆的。

這麼晚了還有電車嗎？

敏郎閃過這個念頭的時候，聽到了汽笛發出叭叭叭的高亢聲音，鐵路另一頭出現了燈光。

「喔，來了來了，真準時喲。」

老爺爺看起來很高興，但是敏郎卻非常驚訝，因為駛進車站的不是電車，而是一輛吐著白煙的蒸汽火車。看到眼前閃耀著黑色光澤、威風凜凜的火車，敏郎簡直看傻了眼。

這附近確實會有火車經過，有很多鐵道迷會特地來看火車。但是火車的鐵軌應該在更前面的地方，他從沒聽說過火車會經過這片住宅區，而且沒有理由這麼晚還有火車。

「老爺爺，請問……」

「請叫我桃公，我討厭別人叫我老爺爺喲。」

「對不起……呃，火車會經過這個車站嗎？」

「會喲，因為我手上有車票。只要有車票，這輛童話列車可以到任何一個車站載客。」

「童話列車？」

「對了，我也為你買好車票了喲。來，票給你喲。」

桃公說完，把一張小小的車票遞給敏郎。敏郎接過車票後，仔細的打量。

那張車票很漂亮，閃爍著彩虹色的光芒，並且用金色墨水寫著：「童話列車特別車票　天涯海角皆可達」。

那是一張光是看著就讓人興奮不已的車票，讓敏郎想起以前抓到鍬形蟲，或是釣到大魚時的那種興奮感。

這是他的車票，絕對不能遺失。

敏郎緊緊握住車票問桃公：

「車票上寫著『天涯海角皆可達』，那是什麼意思？」

「就是字面上的意思喲，只要你想要，就可以去任何地方；你也可以一直坐在火車上，因為這是特別車票。啊，車門開了，快上車、快上車喲。」

火車不知道什麼時候已經進站了。

敏郎在桃公的催促下搭上火車。

火車內部裝潢得很豪華，除了有紅色天鵝絨座椅，焦糖色的木頭扶手也擦得發亮，車頂和車壁上還掛著漂亮的燈具。不過這節車廂裡沒有其他乘客，只有桃公和敏郎兩個人。

敏郎有些不知所措，但還是在座位上坐了下來，桃公則坐在他的旁邊。

這時，火車搖晃一下便出發了。敏郎看向車窗外，發現外頭一片漆黑，什麼都看不到。

這輛火車不知道在什麼地方行駛，也不知道要開去哪裡。唯一確定的是，火車距離敏郎居住的城市已經越來越遠。

雖然敏郎的酒慢慢醒了，但他一點兒也沒有後悔，反而更加興奮了起來。

「這應該不是夢，驚奇的冒險拉開了序幕。只要坐上這輛火車，就不必看到老婆的臭臉，既然是這樣的話，真希望可以永遠坐在火車上。」敏郎想著這些事，瞥了一眼坐在他身旁的桃公。

「這個桃公到底是何方神聖？他那粉紅色鬍子一看就知道不尋常。他要自己幫忙，到底是要幫什麼忙呢？」敏郎狐疑。

這時，敏郎嚇了一跳，因為他看到一隻青白色壁虎爬上了桃公的肩膀，而且還露出不屑的銳利眼神看著他。

「桃、桃公，有壁虎在你肩膀……」

「嗯？哦，牠叫青箕，是我的搭檔喲。說是這樣說啦，牠其實經常給我惹麻煩。」

「啾啾！」

「你問我是不是還在生氣？那是當然的喲！你可不要跟我說你已經忘了天邪鬼逃走的事喲！」

「啾！」

繼從沒見過的火車出現在車站後，現在又看到老爺爺和壁虎說話。

「啊啊，不可思議的事情接連發生，不是會令人越來越激動興奮嗎？」正當他這麼想著的時候，突然有個平靜的聲音透過廣播傳了出來——

「本列車即將抵達桃之鄉，桃之鄉。」

「啊，我們要在這個車站下車一趟喲。」

「什麼！這麼快就要下車了嗎？」

「因為第一位客人在這裡等候喲。趕快，趕快下車喲。」

雖然很失望，但敏郎還是點了點頭。

他發現火車放慢了速度，隨著一陣「嘰」的刺耳聲音響起，火車終於停了下來。

# 二

他們下了火車，發現那裡是一個小車站。車站很冷清，只有寫著「桃之鄉」的站牌和木頭長椅。周圍小山圍繞，飄來淡淡的花香。

這時，微弱的腳步聲響起，一個瘦小的爺爺走了過來。這個爺爺就像是從童話故事中走出來的人，他留著鬍子、包著頭巾，身穿暗綠色的上衣和褲子，腰上還掛著一把柴刀。

桃公立刻走向那個爺爺，向他深深一鞠躬。

「很抱歉，讓你久等了喲。」

「我也才剛到，沒有等很久。桃公，謝謝你不辭辛勞，千里迢迢來這裡。」

「只要受到召喚，就算是天涯海角我也會到喲。你這次需要什麼藥？你想要什麼呢？」

「我想要可以改善皮膚乾裂的軟膏。」

「哦，那我馬上為你調製最出色的『水嫩嫩皮膚軟膏』喲，請你稍待片刻。對了，敏郎，請你為客人倒杯茶。這個給你，用它燒開水，再用熱水泡茶喲。」

桃公從木箱中拿出小巧的水壺和瓦斯爐，還有茶杯以及裝了茶葉的鐵罐。

敏郎手忙腳亂的將瓦斯爐點火，接著用水壺燒開水，但是他卻不知道該怎麼泡茶。在家的時候，向來都是太太泡茶給他喝，他從來沒有自己泡過，甚至不知道要加多少茶葉，所以只能愣在原地。

這時，戴頭巾的爺爺向他伸出援手。

「只要加一茶匙的茶葉就夠了。」

「哦，好的，是這樣嗎？」

「對，對，差不多這樣就夠了，然後要稍微等一下……嗯，應該差不多了。啊，水不要倒得太快，要慢慢倒，這樣泡出來的茶會更好喝。」

「好，好的。」

敏郎總算順利泡好了一杯茶。

敏郎把茶遞給戴頭巾的爺爺，爺爺開心的接過茶杯。

「謝謝……啊，真好喝，這種有點寒意的晚上，喝一杯熱茶正合適。」

「是、是啊。」

敏郎轉頭看向桃公，不知道自己接下來該做什麼。

這時，桃公正一個勁的用研磨杵磨粉。他混合了各種材料，然後把它們搗碎。桃公一臉嚴肅，所以敏郎不敢隨便跟他說話。

這時，戴頭巾的爺爺對敏郎說：

「桃公可能還要花一點時間才會完成，你要不要在那張長椅上坐一下，跟我一起聊天？」

敏郎無法拒絕，於是他和戴頭巾的爺爺一起坐在車站的長椅上。敏郎絞盡腦汁思考話題之後，終於開了口。

「請問你住在這附近嗎？」

「是啊，我從很久很久以前就一直住在這裡。」

「這一帶都是山林，住在這裡會不會很不方便？」

「我已經在這裡住了很多年，這裡簡直就是人間天堂呢。我以前也曾經在都城生活，因為我家的孩子立了大功，在那裡為我們買了大房子。」

「這樣啊，真是個孝順的兒子。」

「是啊，是讓我感到驕傲的孩子，但我還是不喜歡都城喧鬧的生活，所以就和太太一起回到了熟悉的鄉下。」

「這樣啊……你太太不會對搬回鄉下生活感到不滿嗎？」

「不會不會，她很尊重我的想法，馬上就點頭答應了。我老婆真的很善解人意。」

戴頭巾的爺爺笑了笑，開始滔滔不絕的誇獎自己太太。

「她是個勤快的人，做的菜很好吃，又很會做針線活，而且笑容一直很可愛。」

敏郎聽到他對自己的太太讚不絕口，忍不住羨慕起來。

「真令人羨慕，相比之下，我老婆簡直太遜了。」

「哦？是這樣嗎？」

「對啊，她最近整天都愛生氣，我已經好久沒有看到她的笑容了。」

「哎呀，那日子很難過啊，但是她為什麼這麼愛生氣呢？」

「我就是不知道原因啊。」

「這樣啊。我和我太太在一起這麼多年，不管她在想什麼我都知道。你不了解自己太太的想法，還真是傷腦筋啊。」

聽到戴頭巾的爺爺一臉擔心的這麼說著，敏郎覺得有點難為情，於是急忙改變話題。

「你剛才說想要改善皮膚乾裂的軟膏。」

「是啊是啊，我老婆洗了太多衣服，手變得很粗糙，我很心疼她。我太太都是去河邊洗衣服，即使我說：『讓我來洗。』她也還是堅持那是自己該做的事。她總是笑著去洗衣服。我很高興，也很感激她，所以想說至少買個軟膏給她擦一下。」

「你真體貼。」

「沒這回事，這是我應該做的。想到我太太的付出，我常常在想，自己還可以為她多做些什麼事。」

「還可以為她多做些什麼……」

敏郎聽了爺爺所說的話，有一種受到當頭棒喝的感覺。

回想起來，自己雖然會問太太：「要不要我幫忙？」卻從來沒有想過自己可以做什麼。是不是該像這個爺爺一樣，主動思考自己做什麼事能夠博取太太的歡心，然後付諸行動？也許這麼一來，太太就不會再氣鼓鼓的說：「不必了！你什麼都不要碰！」或是凶巴巴的說：「難道你看不出來該做什麼事嗎？既然這樣的話，那就算了！」

正當敏郎在思考這些事的時候，桃公走了過來，他的手上拿著一個裝了白色軟膏的圓瓶。

「讓你久等了喲，這就是『水嫩嫩皮膚軟膏』，對乾裂、龜裂和凍瘡都很有效。只要擦在皮膚上，馬上就能恢復水嫩嫩的膚況，皮膚摸起來會像麻糬一樣滋潤喲。我多做了一些，用完記得再召喚我喲。」

「哦，那真是太好了！桃公，太感謝了。」

「小事一樁。至於藥錢，可以請你用之前拜託你為我張羅的東西支付嗎？」

「當然可以。」

爺爺從懷裡拿出一個小袋子交給桃公。

「這些是狗的指甲、猴子的毛，還有雉雞的啼叫。我按照你的要求，向孩子的朋友蒐集齊全了。」

「謝謝你喲！這三種材料，是製作『召集朋友丸』絕對不能缺少的藥材喲。」

桃公笑咪咪的接過了袋子。

「好了，那我們差不多該告辭了喲。」

「下次記得來這裡多玩幾天，我想請你嚐嚐我老婆做的菜。還有這位年輕人，下次請你帶著太太一起來桃之鄉玩。」

「謝、謝謝你盛情邀約。」

桃公和敏郎向滿臉笑容的爺爺告別後，再次搭上了火車。

他們一上車火車就出發了，簡直就像是專程在等他們一樣。

敏郎在桃公身旁坐下後說：

「這個爺爺很奇特，打扮也像是從民間故事裡走出來的人。」

「呵呵呵，他就是民間故事中的名人，你應該也認識他喲。」

「他是誰啊？」

「他就是〈桃太郎〉故事中的爺爺喲。」

「桃太郎？你說的『桃太郎』，就是從桃子中出生，然後帶著狗、猴子和雉雞消滅妖怪的那個桃太郎嗎？」

「沒錯，就是他，剛才的爺爺就是把他養育長大的人喲。他從以前就很疼愛老婆，是個很棒的人喲。」

這是在開什麼玩笑啊。敏郎原本想要一笑置之，但是卻笑不出來，因為他覺得這搞不好是真的。

在自己搭上火車的那一刻，不，從自己答應幫忙桃公的那一刻開始，是不是就已經遠離了現實世界？敏郎內心的這種想法，讓他閉上了嘴。

桃公笑著說：

「這輛童話列車的軌道還很長喲，真的可以通往天涯海角……一定可以找到你想要的東西喲。」

「請問這句話是什麼意思？」

「呵呵呵，如果我說出來就沒意思了，希望你自己能好好想一想喲。」

桃公好像出了一道謎題給他。

註：〈桃太郎〉是日本家喻戶曉的民間故事。故事講述老奶奶在河邊洗衣，撿到一顆大桃子。與老爺爺合力切開桃子後，從桃子裡頭迸出一個男孩，取名為桃太郎。桃太郎長大後，前往鬼島為民除害，最後與夥伴狗、猴子與雉雞一起成功擊敗妖怪。

# 三

離開桃之鄉大約十分鐘後，車廂內再次響起了廣播。

「本列車即將抵達足柄山，足柄山。」

不會吧？敏郎忍不住看向桃公問：

「我們也要在這個車站下車嗎？」

「是喲，因為有客人在這裡等我們喲。」

「這次的客人……該不會又是民間故事的人物吧？」

「哎喲，竟然被你發現了。如果你可以猜到是誰，我就送你獎品喲。」

「……」

敏郎覺得桃公是在跟自己開玩笑，但心裡又不禁覺得搞不好是真的，所以完全無法開口回答。

他們在足柄山車站下車後，發現這裡比剛才的桃之鄉位於更深山之中，空氣也蘊含著大自然的氣息。

有個高大的女人站在車站的月臺上，雖然她並不年輕，但也不是老人。她穿著一身和服，一頭長髮在腦後綁成一束馬尾，五官看起來很溫柔，但或許是因為個子比敏郎高大，所以給人感覺很有壓力。

桃公沒有理會心生畏懼的敏郎，反而高興的跑向那個女人。

「好久不見喲，八重桐大人，很高興又見到你喲。」

「桃公，你好。我也很高興見到你，看到你還是這麼健康，真是太好了。」

名叫八重桐的女人用輕柔的聲音回答。

「謝謝你今天來這裡，我現在可以向你訂藥了嗎？」

「當然沒問題喲，這就是我此行的目的喲。」

「那我要有助於改善瘀傷的藥，還有創傷藥。」

「是人類用、妖怪用，還是要給野獸用的呢？」

「是要給野獸用。不久之前，熊掉下了懸崖，還有調皮的小鹿和野狗打架，結果都受了傷。」

「這樣啊。你身為山林的管理者，還是整天都很忙碌喲。」

「是啊，有點忙。只不過和那孩子以前還在這裡的時候相比，已經好很多了。那孩子還是嬰兒的時候，我根本連喘息的時間都沒有。」

「的確，令公子確實會讓人忙不過來喲。啊，敏郎，請你再泡杯茶給客人喲。」

桃公拿出泡茶的用品交給敏郎，便埋頭開始忙於調製中藥。

敏郎聽從桃公的指示開始泡茶。因為剛才已經泡過一次，所以他這次很快就泡好了。

「請喝茶。」

「你真客氣，太感謝了。」

八重桐面帶微笑的接過茶杯。敏郎暗自鬆了一口氣，隨口問：

「請問你有兒子嗎？」

「是啊，現在已經長大了，只不過他小時候真的是個讓人勞神操心的孩子。」

「哦，這樣啊。」

「對，」八重桐點了點頭，「他是個活力滿到溢出來的孩子，比其他孩子更早學會爬行，從嬰兒時期開始，就必須整天繞著他轉。有幾次他把手伸進地爐，幸虧有及時發現制止他。他還曾把醃醬菜的醬缸打翻，或是自己跑出去。光是整天忙著阻止他搗蛋，一眨眼的工夫，天就已經黑了。」

「那還真是辛苦啊。」

「是啊。而且夜裡也不得閒，他晚上哭得很大聲，哭聲在山裡產生回音，我只好一整晚都把他抱在手上。不一會兒，天亮了，又是新的一天的早晨。我覺得自己那時候幾乎都沒有睡覺，雖然我的身體比別人強壯，卻整天感覺昏昏沉沉的，除了照顧嬰兒，什麼事都做不了，像這樣喝杯茶也是奢求。」八重桐用一臉懷念的表情這麼說。

但是敏郎聽了卻冒出冷汗。

整天都要照顧孩子，晚上無法睡覺，甚至沒有時間喝杯茶，這不正是自己太太目前的狀態嗎？這麼說起來，太太似乎曾經向他抱怨過好幾次。

「身體很累，什麼事都沒辦法做。」

「睡不著。」

「因為一直要留意孩子的狀況，即使整天在家，也沒辦法做完所有的家事。」

但是當時的敏郎對這些抱怨一直充耳不聞，只是一笑置之的對她說：「既然你是媽媽，絕對可以完成這些理所當然的事。」

回想起來，好像就是在那次談話之後，太太就變得整天心情惡劣。

當敏郎一回想起這些事時，八重桐也開口問他：

「你有孩子嗎？」

「有，有一個，我女兒目前六個月大。」

「哎喲，那正是她最可愛，但你們也最辛苦的時期。她晚上會不會哭鬧啊？」

「呃……」

敏郎答不上來，因為他根本不知道。他之前向太太說和女兒在同一個房間睡覺，自己會睡得不安穩，所以就一個人睡在客廳的沙發上。

對了，這麼說來，太太前一天也有向他咕噥：「我今天也只睡了三個小時。」也許那句話是想表達女兒晚上會哭鬧，她沒辦法睡覺。說不定太太那時就是在向自己發出求救信號，希望女兒晚上哭鬧時，自己可以幫忙哄女兒睡覺。

但是敏郎當時對她說：「這樣啊，那你晚一點可以睡個午覺。」敏郎自認為這樣是在關心太太，但是太太狠狠瞪了他一眼，對著他大吼：「你真是搞不清楚狀況！」

當時他難以理解太太為什麼要發脾氣，但現在聽了八重桐的話，似乎有點了解原因了。

照顧嬰兒很辛苦。太太白天要獨自照顧女兒，晚上還是要一個人照顧，而且身為丈夫的自己完全不了解其中的苦處，盡會說一些不中聽的話惹她生氣——「今天又要吃咖哩？」、「家裡也太髒亂了吧。」、「你幫我倒杯茶。」、「洗澡水放好了嗎？」

整天都在要求別人服侍他，還獨自躲到客廳睡覺。有這種老公，太太怎麼可能不生氣呢？

「我……該不會是個廢物吧？」敏郎不由得臉色發白。

這時桃公走了過來，把手上兩個裝得滿滿的袋子交給八重桐說：

「給你，這就是你要的藥喲。」

「桃公，謝謝你。」

「別客氣，這是我的工作。至於藥錢，就老樣子喲。」

「好，這我知道。」

八重桐從長椅旁邊拿出一個大袋子說：

「這是幼鹿今年脫落的鹿茸，我按照你的要求蒐集起來了。」

「哇，真是太感謝了喲！嗯，這下子又可以做各種中藥了喲。」

桃公接過袋子，立刻把它們放進木箱。

敏郎忍不住瞪大了眼睛。那麼大的袋子，竟然被吸進木箱消失不見了，他忍不住想，難道這個木箱能通往異次元嗎？

總之，桃公在這裡的工作也完成了。

於是他們向八重桐道別，再次搭上火車。

火車出發後，桃公調皮的問敏郎：

「怎麼樣？你猜到八重桐大人是誰了嗎？」

「不，完全猜不到……我只知道她住在山上，照顧很多動物還有一個兒子。她到底是誰啊？」

「哎喲，已經有這麼多提示了，竟然還不知道她是誰。敏郎，你這個人很遲鈍喲。」

桃公無奈的嘆了一口氣。

「她是金太郎的母親喲。」

「金太郎！你說的是那個和熊相撲的金太郎嗎？就是童謠『扛著斧頭金太郎』的那個金太郎嗎？」

「就是他喲。」

原來是這樣。照顧金太郎真的很辛苦，敏郎不由得由衷佩服八重桐，她實在太厲害了。

「我記得民間故事裡，好像沒有提到金太郎的爸爸。」

「沒錯，用現代的話來說，八重桐大人就是單親媽媽喲。金太郎雖然活力充沛又調皮，但是小時候經常發燒，八重桐大人每次都整夜不睡的照顧他喲。」

「對，大家都說嬰兒很容易發燒。」

「是喲……你女兒應該也一樣吧？才六個月大的孩子需要費心照顧，很辛苦喲。」

「……」

敏郎一句話都說不出口。

即使女兒發燒了，每次帶她去醫院看病的人都是太太。敏郎大部分的時間都在上班，根本沒辦法幫忙。就連太太打電話問他：「不好意思打擾你工作，但你可以回家一趟嗎？」他也是每次都拒絕太太：「沒辦法。」

他再度感到胸口一陣刺痛。

敏郎一直以為自己很愛家人，但他根本是一個不夠體貼的人。

終於意識到這件事的敏郎，沒發現桃公和他肩膀上的壁虎青箕，一直在注視著自己。

註：傳說金太郎出生於相模國（今日本神奈川縣）足柄山，一出生便力大無窮。山林中的動物都是他的朋友，常和他一起玩，但是誰都無法打倒他，就連自以為力量最大的熊來挑戰，也還是輸給金太郎。傳說後來，金太郎成為日本平安時代貴族源賴光的家臣，改名坂田金時，為其旗下四大天王之一，曾一起征討酒吞童子等怪物。

## 四

接著，他們在「瓜織鄉」車站下了車，一個年輕漂亮的女人在車站等待桃公。她穿了一件綠色和服，用紅色和黃色的王瓜裝飾一頭長髮。

敏郎一看到她，立刻就猜到了她的身分。他小聲詢問身旁的桃公：

「她該不會是瓜子姬吧？」

「哦？你竟然猜中了喲。」

「有前面兩次的經驗，這次不猜中也難啊。」

他們在竊竊私語的時候，瓜子姬臉色蒼白、表情僵硬的走了過來。

「桃公，你來得正好……聽說天邪鬼的封印解除了，這件事是真的嗎？」

瓜子姬簡單打完招呼就立刻詢問天邪鬼的事，桃公也露出憂鬱的表情點了點頭。

「很遺憾，這是真的喲。」

「怎麼會這樣？她不是應該要被關在妖怪街二十年嗎？她又會

來找我麻煩嗎？」

「不，我想應該不會喲。現在的情況和以前不一樣，她現在的目標應該不是你而是我，所以你不必太緊張。」

「不行，我沒辦法不緊張。」

瓜子姬用力搖了搖頭。

「一想到天邪鬼，我就無法放心……我得在瓜織鄉設下很多陷阱，還要種很多她最討厭的桑樹。」

「你不要激動喲，希望你想一想我來這裡的目的喲。」

瓜子姬聽了桃公的話，驚訝的問：

「你會給我什麼護身的法寶嗎？」

「當然喲，天邪鬼是因為我的疏失才會逃走……不對，正確來說是我搭檔的疏失喲。」

桃公在說話的同時，瞪著自己肩上的青箕。青箕也回瞪他，但是什麼話也沒說。

「瓜子姬，你放心喲，我已經蒐集到所有材料了，馬上就為你調製法寶喲。啊，敏郎。」

「我知道，是不是要泡茶？」

「沒錯沒錯，拜託你了喲。」

桃公在調製中藥的時候，敏郎將泡好的茶遞給瓜子姬。瓜子姬雖然很不安，但在喝了一口茶之後，臉上的表情稍微放鬆了。

敏郎鼓起勇氣問：

「我聽了你們剛才的談話，想到天邪鬼就是冒充你，想要嫁給有錢人的惡鬼吧？民間故事有提到，最後她被你爺爺、奶奶狠狠教訓了一頓，但是天邪鬼的封印被解除是什麼意思？」

「就是你聽到的意思。」

瓜子姬皺著眉頭說：

「那個傢伙被爺爺、奶奶教訓後安分了一陣子，之後又來惹我。桃公看不下去，就把她封印起來，沒想到封印竟然解除了。唉，不知道接下來會發生什麼事，我光想就覺得毛骨悚然。」

「她這麼可怕嗎？」

「是啊，她太可怕了。以前她看到幸福的人就會眼紅，然後想方設法搞破壞，現在更是惡劣，還會故意迷惑別人，以陷害別人為樂，而且還糾纏不清。」

瓜子姬嘆著氣說：「被桃公封印之前，她整天都來找我麻煩，不過被封印過後，她就對桃公懷恨在心，一心想要復仇……這點也很令人擔心，希望桃公不會遇到什麼麻煩。」

「不、不會有事的，」敏郎很想鼓勵她，於是脫口安慰她說：「雖然我不是很了解桃公，但是大家不是都會找他幫忙嗎？而且他會調配很厲害的中藥，不管是你還是他自己，桃公一定都能好好保護，所以你不必這麼擔心。」

瓜子姬看著敏郎，眼神中仍然充滿憂鬱。

「謝謝你的安慰，但是……你對天邪鬼一無所知吧？雖然很感謝你的心意，但請不要說出沒有意義的安慰。」

敏郎覺得自己像是被甩了一巴掌，身體不由得搖晃起來。

「你根本不了解狀況，不要說這種言不由衷的話。」敏郎覺得瓜子姬好像是在對他這麼說。

他感到羞愧不已，同時又想起了自己的太太。

啊，太太也對他說過好幾次這樣的話，但是敏郎當時都不以為意，甚至還對太太感到不滿，覺得她生了女兒之後，變得越來越神經質。

自己不過是和以前一樣，只想和太太開玩笑，想和她打鬧取樂而已。

但是如果太太其實早就已經疲憊不堪，根本沒有跟他玩鬧的心情呢？

敏郎深切體會到自己必須改變。原本他以為不改變才是溫柔的表現，但原來並不是這樣。自己必須改變，才能支持另一半。

他越想，越發覺到許多自己做錯的事，不由得冷汗直流，眼前一片空白。

當敏郎回過神時，才發現自己無力的坐在車站長椅上。他抬起頭，看到桃公把一個小紙袋交給瓜子姬。

「給你，這是最高級的『保鑣香』喲，裡頭放了忠義三獸身上的東西、幼鹿的鹿茸和三眼妖怪貓的鬍鬚。只要點香熏一下衣服，天邪鬼就不敢靠近你了。」

「桃公，謝謝你，這樣我就能暫時放心了。我可以用這個支付藥錢嗎？這是我精心織好的布料。」

瓜子姬遞給桃公十幾公尺長的布料。布料是漂亮的桃紅色，質地薄如蟬翼，散發出清水般的光澤。

「哇，好漂亮！瓜子姬，你越來越厲害了喲！」

「你喜歡嗎？」

「當然喜歡喲，這個顏色太適合我了，謝謝你喲！」

「不客氣，我才要謝謝你，真的太感謝了。」

瓜子姬把紙袋抱在胸口，開心的離開車站。

桃公走向敏郎問：

「敏郎，你現在可以站起來嗎？」

「啊，嗯，應該可以。」

「太好了，你剛才突然搖搖晃晃的，瓜子姬也嚇了一跳喲。我的工作已經完成了，但童話列車沒有終點喲。怎麼樣？你還要繼續搭乘嗎？」

敏郎一時答不上來。

他很想繼續搭乘童話列車，不希望這趟奇幻之旅就這樣結束。接下來還有哪些車站？火車會去什麼地方？他很想知道答案。

但是……

他覺得自己必須馬上回家。今晚他學到了很多重要的事，必須在忘記這些事情之前回家，因為自己是……一個成年人、一個丈夫，同時也是一個「父親」。

敏郎看著桃公說：

「我要回家。」

「這樣啊，那你的旅程就到這裡結束喲。謝謝你幫我的忙，我會按照約定，送你賢妻良夫丹喲。」

桃公說完，便從懷裡拿出一顆圓滾滾的丸子。那顆丸子的大小差不多跟大玻璃珠一樣大，而且帶有淡淡的桃紅色。

敏郎聞到一股甜甜的柔和香氣，聞著這種氣味，他的心情漸漸放鬆，人也變得溫柔起來。敏郎相信，這顆藥丸的效果一定超級厲害。

但是，敏郎後退了一步說：

「不用……呃，不好意思，我想我不需要賢妻良夫丹了。」

「哎喲，你真的不需要嗎？只要吃了這顆賢妻良夫丹，你太太就會變得很溫柔喲。」

「我知道，但是……我覺得該變溫柔的人不是我太太，而是我自己。」

「啾啾啾。」桃公肩上的壁虎青箕叫了起來。

「小鬼，你終於明白了嗎？」敏郎覺得好像有人在對他這麼說。但是他還來不及向周圍張望，看看到底是誰在說話，桃公就笑著對他說：

「既然你有這種想法，就代表你已經沒問題了喲。」

桃公這句話深深滲入了敏郎的心中。

桃公接著又說：

「但是不答謝你，我心裡總覺得怪怪的喲。啊，對了，那我送你這個喲。」

桃公攤開瓜子姬剛才送給他的布料，用剪刀剪下一塊跟浴巾差不多大的布交給敏郎。

敏郎接過那塊布，忍不住大吃一驚。布料像絲綢般滑順，摸起來的感覺非常舒服。

「呵呵，和你分享這塊布料，你可以用來當作女兒的襁褓喲，她一定會很高興。那就再見喲。」

桃公話音剛落，敏郎突然感覺到一陣昏沉。接著，他的視野變得一片模糊，完全無法思考。

「呃……桃、桃公。」

他踉踉蹌蹌的向前衝時，手碰到了一個堅硬的東西，敏郎昏沉的腦袋頓時清醒，一下子回過了神。

「咦？」

敏郎大吃一驚，因為他發現自己竟然就站在家門口。他環顧四周，到處都沒有桃公的身影，也完全聞不到那輛神奇火車的煙霧氣味。

「這是一場夢嗎？不對，如果是做夢，這一切未免太真實了。」敏郎可以清楚回想起火車內的裝潢、車輛行駛時的震動，以及所有遇到的人身上穿的衣服和長相。而且當他低下頭時，發現自己手上正緊緊握著一塊桃紅色的布。

敏郎忽然有種重獲新生的感覺。他急急忙忙的打開門，走進了家裡。

抱著女兒的太太立刻從屋內衝出來。她披頭散髮，睡衣皺巴巴的，模樣和敏郎早上出門上班時看到的一樣，而且還露出像鬼一樣的表情。

太太小聲對他說話，以免吵醒睡著的女兒。

「你知道現在幾點了嗎？我做了晚餐等你回家！你如果不回家

吃飯，就要在四點以前打電話給我。要我說多少次你才會記住！」

「對不起，我忘記了。真的很對不起……我不只是為今天的事道歉，還要為之前的所有行為道歉。」

敏郎和平時不一樣，他發自內心向太太說「對不起」，而他的太太露出了錯愕的表情。

「敏郎？」

「以後我會更加努力，在各方面全力協助你。只不過我這個人很遲鈍，如果你不清清楚楚的告訴我你想要我怎麼幫你，我可能會無法了解，所以可以請你明確告訴我『去做這個』或是『去做那個』，儘管開口找我幫忙嗎？我會盡力完成你的要求。」

「敏郎，你、你怎麼了？為什麼突然……」

敏郎害羞的抓了抓頭，對大吃一驚的太太說：

「嗯，我遇到很多人，學到了很多事，感覺他們好像在罵我『到底在幹什麼』，讓我有種被打醒的感覺。啊，你是不是累了？小泉給我抱，你去泡個澡，慢慢來沒關係。」

「但是……她可能會哭喔？」

「沒關係，哭也沒關係，我會一直抱著哄她。來，把小泉交給我吧。」

敏郎說完，從太太手上接過女兒。前一刻還睡得很安穩的女兒，突然哭鬧了起來。

敏郎急忙用手上的桃紅色布料把女兒包起來，結果發生了驚人的事。女兒頓時安靜下來，舒服的入睡了。

敏郎鬆了一口氣，看著太太說：

「看吧，我是不是也很厲害？你就放心去泡澡吧。」

「謝謝你……」

太太用一臉快哭出來的表情向他道謝，讓敏郎再度感慨不已，沒想到自己的舉手之勞，能讓太太這麼高興。他終於了解

到，原來關心和體貼太太真的很重要。

敏郎希望讓太太更高興，所以繼續對她說：

「明天你不用做晚餐，等我下班回家由我來下廚，但我只會做速食的義大利麵，你不會嫌棄吧？」

「當、當然不會……我太高興了。」

「嘿嘿，而且我還會負責收拾和洗碗……從今以後，我會和你一起照顧小泉。」

敏郎語氣堅定的說出這句話。不過他好像不是在對太太說話，而是在告訴自己。

與此同時，桃公和他的搭檔青箕，正坐在童話列車上。在發出喀噠叩咚聲響的搖晃列車中，青箕發出了啾咿啾咿的叫聲。桃公點了點頭說：

「是啊，雖然花了一點時間，但幸好他終於了解了喲。」

「啾咿。」

「嗯，那種人基本上都是好人喲，但不知道為什麼被家人照顧得太好，所以在家人面前就變得很自私任性。經常對外人很好，但對家人就很粗心，明明家人才是最應該關心的人喲。」

「啾啾咿。」

「青箕，你太毒舌了喲。嗯，因為他自己沒有察覺，所以最好的解決方法，就是讓他自己意識到這件事。而且這些話出自別人的口中，會對他造成最大的震撼喲。總而言之，這真是太好了喲，這下子他太太應該可以輕鬆許多……呵呵，如果他知道其實他太太才是真正的客人，一定會嚇一大跳喲。」

桃公呵呵笑了起來。這時，傳來一陣啪噠啪噠翅膀拍動的聲音，原來是一隻貓頭鷹從車窗飛了進來。

貓頭鷹在飛過桃公頭上時，丟下一張紙，然後又從車窗飛了出去。

「哎喲，貓頭鷹的夜間專送？是誰寄給我的？」

桃公歪著頭撿起那張紙，紙上寫著「緊急，請火速趕來。獅子頭妖婆」。

桃公頓時露出了嚴肅的表情。

「這是獅子頭妖婆的電報喲，她叫我火速趕去，到底是有什麼事？總之，我得馬上去找她。我去告訴列車長，請他把童話列車開去獅子頭妖婆家。」

桃公慌慌張張的站了起來。

註：瓜子姬與天邪鬼是日本傳說故事中的人物。很久很久以前，一對沒有孩子的老夫婦撿到了一個瓜，沒想到切開之後，發現裡頭有一個女嬰，便把她取名為「瓜子姬」。瓜子姬長大後十分擅長織布。當她即將結婚時，老愛跟人類唱反調、惡作劇的天邪鬼，趁老爺爺老奶奶不在家，騙了瓜子姬，想冒充她出嫁。幸好眾人即時發現，瓜子姬才順利得救。

# 第3章 自苦他贈散

# 一

說起獅子頭妖婆——大山姥白藤，在妖怪間也很有名。她那一頭白髮像獅子的鬃毛般蓬鬆雜亂，全身肌肉結實，雖然已經六百零七歲了，但身體依然健壯。她每天在山上奔跑，大啖烤山豬，還把大岩石當成彈珠玩。

獅子頭妖婆也是醫生，雖然她醫術高明，但為了治療疾病或傷口，經常使用一些激烈的方法。她的激烈治療手法已經成為傳說，聽說很多妖怪都下定決心，無論受到再大的傷，也絕對不會去找獅子頭妖婆。只不過獅子頭妖婆常常一聽到有人受傷或生病，即使患者不來找她，她也會主動上門，所以妖怪們的這種決定根本是多餘的。

獅子頭妖婆發了電報給桃公。而桃公一接到「火速趕來」的電報，立刻趕到了獅子頭妖婆家。

妖婆的家位在深山之中，當桃公來到河邊神木上像鳥巢一樣的妖婆家時，忍不住瞪大了眼睛。

因為獅子頭妖婆竟然躺在鳥巢中哼哼呻吟。她的氣色很差，可怕的臉看起來也失去了原本的氣勢。

「妖、妖婆，你怎麼了？發生了什麼事？該不會是吃壞肚子了？天底下有什麼毒蕈菇可以破壞妖婆的鐵胃嗎？」

「你這個臭老頭，怎麼可以對女人說這麼沒禮貌的話？啊，好痛好痛。」

「你說好痛，到底是哪裡痛喲？」

「腰啊，我閃到腰了，痛死我了！」

「哎喲。」桃公露出發自內心的同情表情，但他肩上的壁虎青箕啾啾啾的小聲笑了起來。

妖婆狠狠瞪著青箕說：

「你這個壞心眼的龍神，改天我要把你晒乾烤來吃！」

「啾……」

青箕原本就很白的身體變得更蒼白了。

桃公插嘴說：

「好了好了，妖婆，你腰閃到就不要再罵人了喲。青箕，你這樣太沒禮貌了喲。妖婆，讓我看一下你的腰喲。」

桃公說完，來到躺著的妖婆身旁，用指尖按壓、搓揉她的腰，妖婆每次都會輕聲發出「嗚呃！」、「啊痛！」的慘叫聲。

不一會兒，桃公露出無奈的表情說：

「這還真嚴重喲，你到底是做了什麼，才會變成這樣？」

「我沒有做什麼特別的事，昨天就是像平常一樣跑了五座山，在河裡和大河童相撲，然後去瀑布下方的潭中洗了個澡，回到這裡準備吃飯時，突然覺得鼻子很癢，就打了一個噴嚏，結果就聽到嘰嘰嘎嘎的聲音，腰扭了一下，然後我就站不起來了。」

「你那個噴嚏一定很猛喲，如果我也在場，搞不好會被你彈出去喲。」

妖婆露出求助的表情，對一臉佩服的桃公說：

「這種事不重要，你趕快幫我想想辦法。喔，好痛、好痛。你也看到了，這簡直要痛死我了，根本沒辦法動彈。」

「我真的很同情你喲，但是我的藥沒辦法治你的扭傷喲。你應該也很清楚，這種傷只能乖乖貼膏藥，乖乖休息喲。」

「這種事我當然知道，但是這一次我必須馬上恢復活蹦亂跳的狀態。」

妖婆露出嚴肅的表情說：

「最近這附近的山很不平靜，妖狐和妖鼠狼在爭地盤，雙方都很激動，遲早會大打出手。」

「哎喲喂呀。」

「妖狐和妖鼠狼的數量都很驚人，要是真的打起來，恐怕會有很多人受傷，所以我這個醫生如果只能在家裡躺著就糟糕了。如果在緊急時刻幫不上忙，不就失去意義了嗎？」

「嗯，那倒是喲……你希望我怎麼幫你？」

「我記得你不是有『自苦他贈散』嗎？你給我那個。」

「自苦他贈散？」

桃公立刻露出為難的表情。

「我雖然有這種藥……但是不能輕易給出處方喲，這種藥很危險喲。」

「我知道，因為這是把自己的疼痛轉移到別人身上的藥。不過我是醫生啊，我一定會遵守使用方法，所以拜託你幫幫忙。唉唷！好痛、好痛！」

獅子頭妖婆一次又一次的拜託，桃公終於點頭同意。

「好吧，但你一定要遵守使用方法喲。」

「我保證一定照做，你趕、趕快把藥給我。」

桃公放下身上的木箱，從裡面拿出一個黑色、一個白色的小紙包。

「這兩包就是自苦他贈散，裡面都包了粉末喲。黑色的紙包自己吃，白色的紙包讓對方吃，這樣的話，你的疼痛就會轉移到對方身上喲。」

「太好了，謝謝你。」

「但是你有朋友願意代替你扭到腰嗎？我想大家應該都不想扭到腰喲。」

「嗯，我已經想好對象了。好痛、好痛啊。不、不好意思，可以順便幫我貼膏藥嗎？」

「當然可以喲。」

桃公在準備膏藥的時候，獅子頭妖婆打開了桃公剛才給她的黑色紙包，把裡面的粉末倒進嘴裡，然後又伸長手，不知道在偷偷做什麼。

「你在窸窸窣窣忙什麼？最好不要亂動喲。」

「我知道，但是不是要付藥錢給你嗎？我用特別釀製的蜂蜜酒當作藥錢怎麼樣？你不是很愛喝嗎？來，你嚐嚐味道。」

獅子頭妖婆拿出了一個紅色大葫蘆。桃公聽到有蜂蜜酒，立刻雙眼發亮的說：

「那我就不客氣喲。」

桃公接過葫蘆，立刻喝了一口。

「嗯，又甜又濃醇，太好喝了喲！咦？但是餘味有點怪怪的……有點苦，還有灰燼的味道……這是『自苦他贈散』……呃！」

桃公瞬間臉色發白，整個人倒在地上。他感覺腰部傳來一陣劇烈的疼痛，簡直就像是挨了一拳。而且這種疼痛沒有消失，他只是稍微活動一下，疼痛就像電流般貫穿全身。

在冷汗直流的桃公面前，獅子頭妖婆俐落的站了起來，還神清氣爽的伸了個懶腰。

「啊啊，太好了！你的藥真是靈光，疼痛完全消失了。」

「為、為、為什麼要這麼……」

「對不起啦，但是除了你以外，我想不到還有誰可以吃自苦他贈散。反正你就乖乖躺在這裡休息，我要趁這個機會去看孫女。」

「孫、孫女？好痛、好痛！」

「對啊，」獅子頭妖婆笑著點了點頭，「今天是我可愛孫女的生日，我之前就已經決定今晚要好好為她慶祝，而且連禮物都已經準備好了，如果因為閃到腰不能去，我孫女不是很可憐嗎？」

「你、你剛才說很擔心爭奪地盤的事，我才會拿自苦他贈散給你！好痛、好痛啊！所、所以你騙我喲！」

「我沒有騙你，我的確很擔心兩派人馬會打起來，但是我孫女

的生日更重要，所以你就替我腰痛一個晚上吧。別擔心，我明天一定會回來。」

「等、等一下！你不要走喲！這樣不行……」

獅子頭妖婆不顧桃公扯著嗓子大叫，輕鬆愉快的衝出了家門。

## 二

獅子頭妖婆的孫女，住在離妖婆山很遙遠的森林內，即使以妖婆的腳程，也要花很長時間才能抵達。當她終於看到森林的時候，已經是傍晚了。

妖婆凝視著森林，笑了笑說：

「慶生會似乎已經準備就緒。」

妖婆說對了。

森林中掛了五彩繽紛的燈籠，簡直就像聚集了好幾百隻的螢火蟲，閃爍著點點光芒。

這次慶生會應該也有邀請樂隊參加，笛子和鑼鼓的歡樂樂音隨風飄揚，妖婆還聞到了美味佳餚的氣味。

「這是……烤整頭山豬的味道，還有鹽烤鱒魚。啊啊，這是蕈菇炊飯的味道嗎？蕈菇炊飯真的很好吃呢。嗯，還有牡丹餅、蜜汁栗子跟櫻桃……哇！原來還有山葡萄酒和梅酒，真是太令人期待了。」

但是比起這些美酒佳餚，妖婆最期待見到她的孫女雪子。

在妖婆眼中，孫女雪子可愛得不得了，簡直是捧在手上怕摔了，含在嘴裡怕化了。每次聽到她用可愛的聲音叫著「嬤嬤」對自己撒嬌，那可愛的樣子讓妖婆忍不住想把她吃下去。

雪子之前曾對獅子頭妖婆說：「嬤嬤，我生日你一定要來喔。」所以即使是耍了一點小心機，妖婆也一定要趕來參加。

「全天下沒有人比我孫女更可愛的人了，不知道她喜不喜歡我做的骸骨娃娃禮物。」

妖婆興奮的前往森林，但是半路卻殺出了程咬金。

一道閃電劃過晴朗的夜空，然後宛如流星般落在妖婆的眼前。

隨著轟隆隆隆的一聲巨響，眼前亮起刺眼的光芒，當聲音和光芒平息時，一個男人站在妖婆的眼前。

那個年輕人瘦瘦高高的，還有一頭閃亮的水藍色長髮，身上穿著與眾不同的衣服。雖然他臉上戴著龍的面具，仍然可以感受到他俊美的長相。

獅子頭妖婆嚇了一跳，但她立刻回過了神。

「你是……青箕嗎？」

「沒錯，就是我。我來接你了，請你馬上跟我回家，回到桃仙翁那裡。」

「開什麼玩笑，我還沒有見到雪子呢。啊，不行不行，我怎麼可能跟你回去？今天是我孫女的慶生會，我這個嬤嬤怎麼可以不為她的生日好好慶祝呢？我不是保證過明天就會回去嗎？我會遵守約定，你不必擔心，去陪在桃老頭身邊吧。」

「那可不行。」青箕透過面具發出嚴厲的聲音。

妖婆聽了，雙眼立刻迸出火花。

「不行？你說不行？青箕……你竟敢命令我？」

妖婆一把抓住青箕，在揮起大拳頭打下去的同時，還用腦袋撞了過去。

青箕躲過了妖婆的拳頭，但是沒有躲過她的鐵頭功。只聽到咚的一聲，隨著沉悶的聲音響起，龍的面具也被撞得粉碎，青箕的俊美臉蛋露了出來。

青箕痛得皺起眉頭大叫：

「你先聽我說！等到明天就來不及了！」

「什麼來不及？」

「藥物的副作用。你根本不知道自苦他贈散的副作用吧？自苦他贈散的確可以把疼痛和痛苦轉移到別人身上，但如果不在半天之內轉回自己身上，那些痛苦就會一輩子留在對方身上。」

「你說什麼？」

妖婆大吃一驚，忍不住後退。

「意思就是，如果我不在半天之內趕回去，桃老頭就會一輩子閃到腰嗎？他完全沒有向我提這件事！」

「他還來不及說，你就奪門而出了。」

青箕的藍眼睛注視著妖婆。

「雖然看到桃公閃到腰動彈不得的樣子很高興，想到他對我做的種種惡行，也覺得這是給他合理的懲罰，不過要是他永遠動彈不得，那就傷腦筋了。要是桃源鄉的管理者無法行動，我們這些年神就無法好好休息。拜託你趕快回去桃仙翁身邊，拜託了。」

獅子頭妖婆沉默了片刻，接著身體快速的顫抖起來。

她無論如何都想要去看孫女。

但是她又不能對桃公見死不救。

兩種想法在她內心天人交戰，幾乎要把她的身體撐爆了。

但是，身體的顫抖漸漸平息，她終於抬起頭說：

「哼，你幹麼不早說？浪費這麼多寶貴的時間。」

「所以你願意回去嗎？」

「當然啊。哼，我完全了解腰痛有多難受，那個弱不禁風的老頭根本承受不了。腰痛一天也就罷了，如果持續三天，他恐怕會沒命……我不會讓這種情況發生的，我可是個一言九鼎的女人。」

說完，妖婆把手上的包裹塞到青箕手上。

「我回去老頭那裡，這個就拜託你了。」

「咦？」

「我想請你把這個包裹送去給我的孫女雪子，她就住在森林裡。你告訴她，嬤嬤實在沒辦法去見她，真的很對不起。就算我沒有陪在她身邊，也會衷心祝她生日快樂。」

「知道了，我一定會把這個包裹交給她，然後轉達你的話。」

「那就交給你了。」

妖婆露出難過的眼神看了森林一眼，接著便猛然轉過身。她像一陣旋風般拔腿狂奔，一轉眼就不見蹤影了。

青箕大吃一驚，等他回過神時，忍不住咂著嘴說：

「她的個性真急躁，不把話聽完就跑掉了。我原本是打算讓她坐在身上送她一程，沒想到她竟然差遣我跑腿，到底是把龍年的年神當成了什麼？算了，這次就不和她計較。」

青箕不悅的嘀咕著，帶著妖婆交給他的包裹走向森林。

# 三

「吼喔喔喔喔喔！」

獅子頭妖婆發出一種分不出到底是咆哮還是吶喊的聲音，她全力奔跑著，滿腦子都在想著：「必須趕快回家！」所以她顧不得要閃避擋住她的樹木和岩石，而是直接用身體把它們撞開。她驚人的氣勢，簡直就像失速的列車。

住在附近的妖怪，全都被失速的獅子頭妖婆嚇壞了。

「這、這些巨響是怎麼回事？」

「是火山爆發了嗎？」

「不、不是，是妖婆！獅子頭妖婆正跑得飛快！」

「怎、怎麼回事？難道有人受傷了嗎？」

「啊啊啊，好可怕。大家趕快通知位在妖婆前進方向的朋友，警告牠們趕快讓路！」

但是也有些妖怪來不及收到警告，那就是妖狐一族和妖鼠狼一族。牠們正在爭奪地盤，聚集在原野——妖怪關之原上，決定在今晚一決勝負。

雙方人馬大眼瞪小眼，正準備要開戰。

嗒嗒嗒嗒嗒！

可怕的地鳴聲響起。妖怪們大吃一驚，不知道發生了什麼事，只看到一個散亂著一頭白髮的巨大影子，從原野的另一頭衝過來。

隨著影子越來越近，妖狐和妖鼠狼看了都嚇得腿軟。因為一臉齜牙咧嘴衝過來的獅子頭妖婆，實在太可怕了。

然而，獅子頭妖婆對嚇得魂不附體的妖怪們毫不留情。

「閃開——」

獅子頭妖婆似乎覺得眼前看到的一切都是阻礙，毫不猶豫的衝進妖怪聚集的地方，結果造成的傷患比之前任何一場妖怪火拼還要多。

雖然不能說是因禍得福，但妖狐和妖鼠狼的地盤之爭，也就此落幕了。

因為牠們誤以為一旦彼此爭奪地盤，獅子頭妖婆又會像這次一樣前來阻止。

獅子頭妖婆在那天晚上，又創造了不少新的傳說。但也因為她不顧一切的狂奔，總算在自苦他贈散產生副作用之前，回到了桃公身旁。

「桃老頭，讓你久等了，你把腰痛還給我吧。」

妖婆說完，便握住躺在那裡呻吟的桃公的手。

下一剎那，腰痛再度回到妖婆身上，她痛得倒了下來，桃公則精神抖擻的站了起來。

「唉，真是的，我還擔心不知道會變成什麼樣喲！你竟然設計我吃下自苦他贈散，如果你再這樣，下次我絕對不會回應你的要求喲！」

桃公氣得七竅生煙，妖婆無力的瞪著他說：

「你不要再念我了，我、我這不是回來了嗎？我們就算是扯平吧。好痛好痛！閃到腰不是病，但痛起來真要命啊。」

「你也該想一想，腰痛莫名其妙轉移到我身上，我會有什麼感想喲。真是的！咦？青箕呢？青箕沒有和你一起回來嗎？」

「哦，我拜託青箕幫我處理其他事，但應該馬上就會回來了。啊，好痛好痛！你、你再幫我貼一張膏藥。」

「真是受不了你！等青箕回來，我就要走了喲！在他回來之前，我就先勉為其難照顧你一下，雖然我其實很不願意喲。」

桃公雖然很生氣，卻還是為妖婆貼上膏藥，但是貼到一半，桃公不由得大吃一驚，因為妖婆竟然在流淚啜泣。

「你、你還好嗎？是不是我貼膏藥太用力了喲？如果弄痛了你，我可以向你道歉喲。」

「不是，嗚嗚……只是想到我剛才差一點就可以見到雪子了。唉，早知道就去露一下臉，對雪子說聲『生日快樂』，嗚嗚……」

妖婆像小孩子一樣哭了起來。桃公看著她，然後輕輕嘆了一口氣說：

「雖然我真的很生氣……但看到你這樣哭，我心裡也很難受喲。好了好了，你不要哭，我幫你做一樣好東西喲。」

「好東西？」

「對，是你一定會高興的東西喲。」

桃公說完，從木箱內拿出兩張很大的白紙，然後像摺紙一樣摺了起來。

一轉眼，白紙變成了兩隻白色紙蝴蝶。桃公在紙蝴蝶上，撒了不知道是什麼結晶的粉末。

紙蝴蝶的翅膀立刻變成了鏡子。

桃公念完奇怪的咒語後，其中一隻蝴蝶便飛走了。

桃公把剩下的那隻蝴蝶，輕輕拿到躺著的妖婆面前。

「給你，這是『想飛鏡蝶』，這面鏡子可以讓你看到想要見面的人喲。你試試看，記得要想著你最想見的那個人喲。」

妖婆想見的人當然只有一個。

妖婆目不轉睛的看著想飛鏡蝶，滿腦子都想著雪子。蝴蝶拍了兩下翅膀，下一剎那，翅膀的鏡子上出現了雪子的身影。

「雪、雪子！」

妖婆忍不住出聲呼喚。雪子似乎聽到了聲音，轉頭看了過來。

「咦？嬤嬤？」

「雪子，你可以看到我嗎？」

「可以。嬤嬤，你為什麼會在蝴蝶的翅膀上？你不是說今天不

能來看我嗎？」

「嗯，原本是這樣，但是現在可以用這種方法看到你了……雪子，嬤嬤真心祝你生日快樂。」

妖婆發自內心的說。

雪子也開心的笑著回答：

「謝謝！啊，我收到嬤嬤的禮物了，超級可愛！」

「哦，禮物順利送到你手上了嗎？那真是太好了。」

「嗯，就是牠送來給我的。」

想飛鏡蝶映照出雪子手指方向的畫面。青箕已經化為壁虎模樣，坐在宴會裡，被許多高大的山中女妖包圍著，還被輪番捧在手心上呵護著。牠樂不可支的喝著酒，而且已經喝得爛醉。

桃公見狀，瞪大了眼睛。

「青箕！你竟然跑去參加慶生會，簡直太過分了喲！你辦完事就應該馬上回來喲！既然這樣……妖婆，要不要讓青箕吃自苦他贈散，把腰痛轉移到牠身上呢？」

桃公似乎不是在開玩笑。

但是妖婆完全沒聽到桃公說的話，因為她正在專心和雪子聊天。雪子笑得很開心，妖婆看到雪子的笑容，覺得自己的腰好像也沒那麼痛了。

「唉，早知道一開始就請桃公為我做想飛鏡蝶了。」妖婆忍不住這麼想。

# 桃公的中藥處方箋之2

## 自苦他贈散

**用法及用量**

自己服用黑色紙包內的藥粉，讓轉移疼痛的對象服用白色紙包的藥粉。

**作用與功效**

可以把身體的疼痛和痛苦轉移到別人身上。

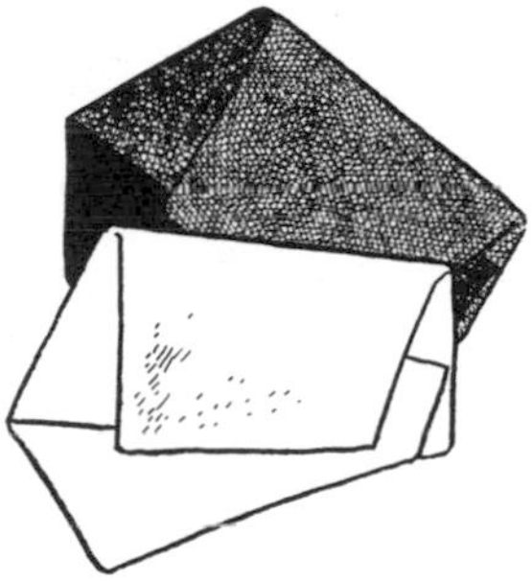

**使用注意事項**

如果轉移的時間超過半天，疼痛和痛苦就會一輩子留在被轉移的人身上，所以必須格外注意。

# 桃公的中藥處方箋之3

## 想飛鏡蝶

**用法及用量**

注視紙蝴蝶，並在心裡想著自己想要見的人。

**作用與功效**

在蝴蝶拍動翅膀的瞬間，可以在鏡子般的蝴蝶翅膀上看到想見的人，雙方也可以對話。

**使用注意事項**

靠近火源會燒起來，使用時要小心。

# 後記

我跟你說，我終於見到他了。

我見到了那個神奇的中藥郎中。

他把粉紅色的鬍子綁成麻花辮，肩上還有一隻青白色壁虎。

我鼓起勇氣叫住他，他馬上就說中了我的煩惱，而且還給了我一帖中藥。

他對我說，只要有那帖中藥，一定能夠和之前吵架的朋友和好。

所以……呃，你願意和我和好嗎？

# 十二生肖圖鑑

你知道十二地支或是十二生肖是什麼嗎？
經常有人說自己出生在龍年或虎年，
這又是什麼意思呢？

在華人傳統文化中，
有用十二種動物配合十二地支所形成的紀年系統，
每一年有不同的代表動物，也就是十二生肖。
除了中國、臺灣以外，
日本和韓國也會用十二地支
來代表時刻、日、月、年和方位。
像是「午時」，代表的是上午11：00到下午1：00，
而現代人也會用上午、下午或是正午來代表時間。
此外，地支也可以表示方位，
像是「丑寅方位」，就代表著東北方，
這種用動物來代表每一年的紀年方式很有趣吧！
試著查一查你出生那一年是代表哪個方位，
應該會很有趣喔。

書中的十二生肖將和桃公一起大顯身手，
你的生肖代表動物會有什麼活躍的表現嗎？
真是讓人好期待啊！

你出生的那一年是什麼年？
想更了解自己出生那一年的意義嗎？
那就來聽聽桃公介紹十二生肖吧！

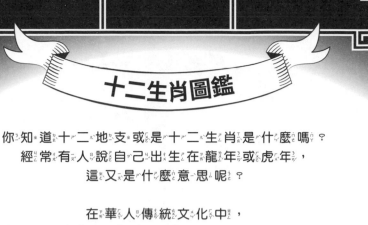

1 子

代表動物 鼠

出生年分 1936年·1948年·1960年·1972年·1984年·1996年·2008年·2020年·2032年等

子月 11月 對應方位 北 代表時刻 24點

性格 子年出生的人只要做事勤快，就會有好事發生。建議你可以把待辦事項列表規劃，就能夠湧現幹勁！完成之後，要記得好好稱讚自己喲！

2 丑

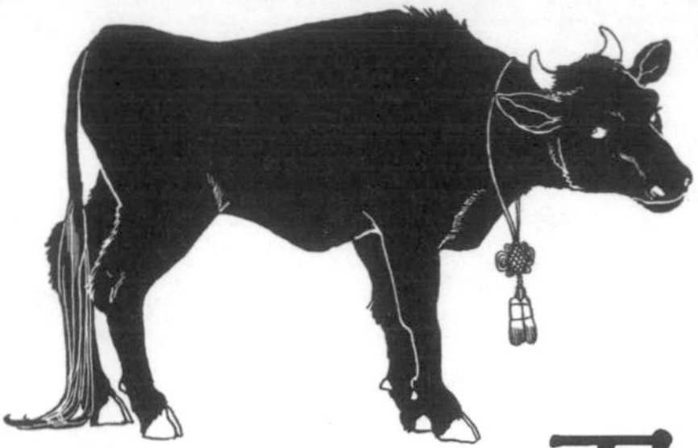

代表動物 牛

出生年分 1937年·1949年·1961年·1973年·1985年·1997年·2009年·2021年·2033年

丑月 12月 代表時刻 2點

性格 丑年出生的人最大的優點，就是不會情緒化。如果遇到生氣的事，情緒快要失控時，記得深呼吸一下。慢慢說出自己想要表達的意見，就會帶來好運。

3 寅

代表動物 虎

出生年分 1938年·1950年·1962年·1974年·1986年·1998年·2010年·2022年·2034年

寅月 1月 代表時刻 4點

性格 寅年出生的人內心充滿勇氣和行動力。感到膽怯時，不妨努力尋找內心的勇氣，告訴自己「我可以做到」，就一定可以向前邁進。

4 卯

代表動物 兔

出生年分 1939年·1951年·1963年·1975年·1987年·1999年·2011年·2023年·2035年

卯月 2月 對應方位 東 代表時刻 6點

性格 卯年出生的人可以用笑容贏得所有人的喜愛。只要面帶笑容，好事就會上門！發自內心想要笑的時候，就盡情的笑！笑容也可以爲自己帶來幸福。

6

巳

代表動物 蛇

出生年分 1941年·1953年·1965年·1977年·1989年·2001年·2013年·2025年·2037年

巳月 4月　代表時刻 10點

性格 巳年出生的人觀察力超強，可以將與生俱來的觀察力，充分發揮在讀書或是考試等各個方面！也很容易發現有困難的人。

辰

代表動物 龍

5

出生年分 1940年·1952年·1964年·1976年·1988年·2000年·2012年·2024年·2036年

辰月 3月　代表時刻 8點

性格 辰年出生的人，最大的優點，就是能夠從大局觀察事物。首先了解整體大致的狀況，就能夠很自然的看清楚問題的細節。

8

未

代表動物 羊

出生年分 1943年·1955年·1967年·1979年·1991年·2003年·2015年·2027年·2039年

未月 6月　代表時刻 14點

性格 未年出生的人個性溫暖善良，具有療癒他人的能力。善待別人時，會發現自己的心情也很愉快。

7

午

代表動物 馬

出生年分 1942年·1954年·1966年·1978年·1990年·2002年·2014年·2026年·2038年

午月 5月　對應方位 南　代表時刻 12點

性格 午年出生的人具備驚人的專注力！你是不是很容易廢寢忘食的投入自己喜歡的事物呢？將這種專注力投入運動和課業，就能夠得到最理想的結果喲。

# 酉 10

代表動物 雞

出生年分 1945年·1957年·1969年·1981年·1993年·2005年·2017年·2029年·2041年

酉月 8月 對應方位 西 代表時刻 18點

性格 酉年出生的人擁有卓越的力量，勇於挑戰的精神也非常厲害。對於有興趣的事物，第一次嘗試時通常會有好結果！

# 申 9

代表動物 猴

出生年分 1994年·1956年·1968年·1980年·1992年·2004年·2016年·2028年·2040年

申月 7月 代表時刻 16點

性格 申年出生的人喜歡有趣、開心的事，對任何事都會產生濃厚的興趣，所以能夠挑戰各種事物，是能轉換思維的天才！

# 亥 12

代表動物 豬

出生年分 1947年·1959年·1971年·1983年·1995年·2007年·2019年·2031年·2043年

亥月 10月 代表時刻 22點

性格 亥年出生的人毅力超強，能夠堅持到底！這是現代最重要的能力。不過最大的祕訣就是要決定好自己的目標，不要太貪心！

# 戌 11

代表動物 狗

出生年分 1946年·1958年·1970年·1982年·1994年·2006年·2018年·2030年·2042年

戌月 9月 代表時刻 20時

性格 戌年出生的人誠實、富有正義感。面對自己不喜歡的事，只要列出待辦事項清單，就可以激發動力！要充分發揮自己的直率。

# 桃公造訪地點大解密

《怪奇漢方桃印》系列中，桃公造訪了許多地方，還吃了各地的美食，你知道桃公跟青箕這對好拍檔，到底去哪裡旅行了嗎？一起來解開謎底吧！

## ■《怪奇漢方桃印 1：給你一帖退魔封蟲散！》

- 第一章 退魔封蟲散：日本滋賀縣安土城（提示：第十頁，織田信長曾經在這座山上建了城堡。）
- 第二章 鬼體化散：日本茨城縣 鹿島神宮（提示：第一〇一頁，大神社在市區，神社內還飼養了神明的使者——鹿；第一〇二頁，要石。）
- 第三章 天龍淚湯：日本東京都多磨靈園（提示：第一五五頁，全東京最大的墓地，有二十七個東京巨蛋球場那麼大。）

## ■《怪奇漢方桃印 2：要不要來一份相親相愛香？》

- 第一章 相親相愛香：日本愛知縣名古屋站前（提示：第一四頁，通道上有一個很大的人型模特兒。）
- 第二章 鬼角丸：日本大分縣九重夢大吊橋（提示：第九十～九十一頁，吊橋有三百九十公尺長，是全日本最高的吊橋。）

## ■《怪奇漢方桃印 3：木偶娃娃心丹大反撲》

- 第一章 鐵雞藥卵：日本新瀉縣糸魚川翡翠海岸（提示：第八頁，可以撿翡翠的海岸。）
- 第二章 木偶娃娃心丹：日本大阪府萬博紀念公園（提示：第七十五頁，幾十年前曾舉行萬國博覽會，當時建造的巨大紀念碑至今仍留在公園內。）
- 第三章 獸心人語糖：日本北海道北海道大學（提示：第一六七～一六八頁，可以在春天賞花、夏天散步、秋天撿銀杏、冬天玩雪的大學校園；第一八〇頁，味噌拉麵最好吃了。）

## ■《怪奇漢方桃印 4：超危險違反解除湯》

- 第一章 違反解除湯：日本香川線小豆島天使之路（提示：第十頁，瀨戶內海小島、天使之路。）
- 第二章 賢妻良夫丹：日本琦玉線秩父鐵道（提示：第一一九頁，靠近住宅區的蒸汽火車，時常有鐵道迷來訪。）

怪奇漢方桃印4

# 超危險違反解除湯

作　　者｜廣嶋玲子
插　　圖｜田中相
譯　　者｜王蘊潔

責任編輯｜楊琇珊
特約編輯｜葉依慈
封面設計｜點金設計
電腦排版｜中原造像股份有限公司
行銷企劃｜林思妤

天下雜誌創辦人｜殷允芃
董事長兼執行長｜何琦瑜
媒體暨產品事業群
總 經 理｜游玉雪
副總經理｜林彥傑
總 編 輯｜林欣靜
主　　編｜李幼婷
版權主任｜何晨瑋、黃微真

出 版 者｜親子天下股份有限公司
地　　址｜台北市104建國北路一段96號4樓
電　　話｜（02）2509-2800　傳真｜（02）2509-2462
網　　址｜www.parenting.com.tw
讀者服務專線｜（02）2662-0332　週一～週五：09:00~17:30
讀者服務傳真｜（02）2662-6048　客服信箱｜parenting@ cw.com.tw
法律顧問｜台英國際商務法律事務所．羅明通律師
製版印刷｜中原造像股份有限公司
總 經 銷｜大和圖書有限公司　電話｜（02）8990-2588

出版日期｜2023年5月第一版第一次印行
定　　價｜320元
書　　號｜BKKCJ096P
ISBN｜978-626-305-456-1（平裝）

訂購服務
親子天下 Shopping — shopping.parenting.com.tw
海外．大量訂購— parenting@cw.com.tw
書香花園—台北市建國北路二段6巷11號　電話｜（02）2506-1635
劃撥帳號—50331356　親子天下股份有限公司

國家圖書館出版品預行編目資料

怪奇漢方桃印. 4, 超危險違反解除湯 / 廣嶋玲子文 ; 田中相圖 ; 王蘊潔譯. -- 第一版. -- 臺北市 : 親子天下股份有限公司, 2023.05
232面 ; 17X21公分. -- (樂讀456 ; 96)
國語注音

ISBN 978-626-305-456-1(平裝)

861.596　　112003754

答案　找到的老鼠數目……
0 隻：這個真的很難
1～2 隻：太棒了！
3 隻：真是好眼力！
4 隻：注意力超強！
5 隻：專注力十足的天才